はじめに

二〇二四年夏、私、河﨑秋子《かわさきあきこ》は北海道の十勝で物書きをしながら一人で暮らしている。年齢は四十四歳、独身。ペットの元保護猫二匹とともに、毎日大小の嬉しいこと、悲しいこと、あと圧倒的にありふれたよしなしごとを感じながら日常を過ごしている。少し珍しい点があるとすれば、前職が、羊飼いだったことだろうか。

さて、職業の定義とは何だろうか。一説によると、確定申告の際、職業欄に『小説家』とは印税で家を建てるぐらいの収入がある人だけ、と聞いたことがある。真偽は分か、なんだか妙な説得力を感じるので、私は文章関係で職業名を名乗る際『文筆業』る。『小説家』とはまだ自分から名乗れそうにない。

『羊飼い』はどうやって名乗ればいいのか。答えは簡単である。羊を一頭でも飼えば『羊飼い』と名乗ってもいい、ということを羊飼い同士の飲み会で同業者が言っで、それでいいと思う。職業名となると判断が難しいが、ペットとしてでも羊を飼は羊に関わることで収入を得れば、『羊飼い』を名乗ってもいいと思われる。

は、羊をペットとしてではなく家畜として飼育していた。目的は、羊の肉を食肉として出荷するため。多い時でも四十〜五十頭程度なので、けっして数多くを飼っていたわけではないが、それでも自分で羊を飼養管理し、繁殖させ、肥育をし、肉として出荷・販売をし、多くはないがそれで収入を得ていた。だから、私は職業的な意味で堂々と『羊飼い』を自任『していた』。

本稿では、私がどうして羊飼いという職業に就くに至ったのか。そして、なぜ現在は羊飼いをやめているのか。ごくごく個人的な記録として綴っていこうと思う。

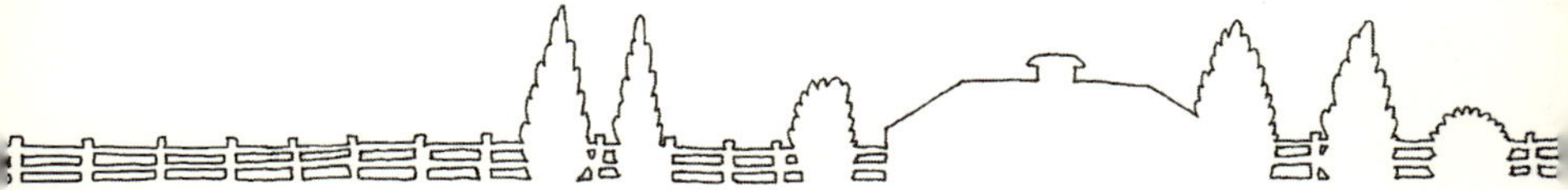

もくじ

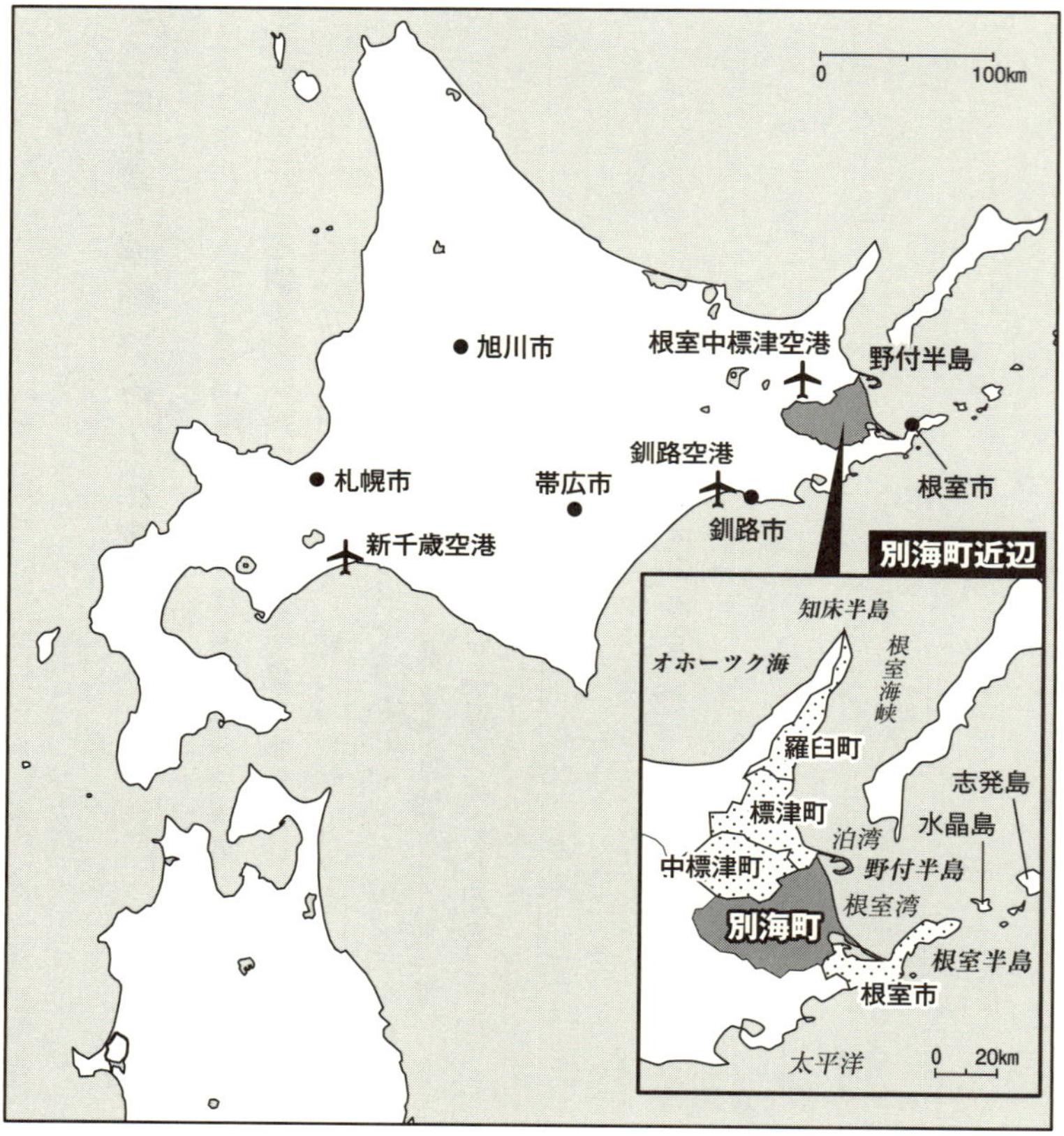

0
100km
旭川市
根室中標津空港
野付半島
札幌市
帯広市
釧路空港
根室市
釧路市
新千歳空港
別海町近辺
知床半島
オホーツク海
根室海峡
羅臼町
志発島
標津町
水晶島
泊湾
中標津町
野付半島
根室湾
別海町
根室半島
根室市
太平洋
0
20km

私の最後の羊が死んだ

装画　市村 譲
装丁　小川恵子（瀬戸内デザイン）

第一章

羊飼いの終わりと始まり

最後の一頭

二〇一九年十二月。私は最後の羊を出荷した。

チリひとつなく磨き上げられた食肉加工場の中で、掌サイズの筒が黒い頭に振り下ろされた。同時に、パン、という破裂音が辺りに響き渡る。

ああそうか、あの筒は一種の銃だったんだ。私はのろまな頭でそう思い返していた。かなり前に受けた銃砲所持許可の講習で、銃の種類の一つとしてと畜用の銃があると教えられた覚えがある。今目にしているのがまさにそのと畜用の銃なのだ。

それまで暴れていた子羊は、その黒い頭を撃ち抜かれてビクリと一度跳ねると、何度か蹄《ひづめ》で宙を蹴ってから静止した。職員さんは絶命した子羊を手際よく引きずって台に乗せ、腰からナイフを取り出し、流れるような動作で解体に取り掛かる。なおも時々びくりと動く体は筋肉反射によるものだ。体が動いていても、痛みを感じているわけではない。

私の最後の羊はちゃんと死んだ。法に則《のっと》ったきちんとした場所で、きちんと技術を持った人によって、最適な方法で食肉になった。あとは技術を持った加工場の職員の方にお任せをする。良いでも悪いでもなく、ただ『そういうもの』なのだ。それが、それぞれの仕事なのだ。

私は食肉加工場にお願いをし、出荷した最後の羊の一頭がと畜・解体されるところをこうして見届けた。最後の最後で知ったことの多さと機会の貴重さに、「もっと早く機会を設けて見せて頂いておけばよかった」という気持ちと「最後にきちんと見届けられてよかった」という気持ちがせめぎあった。

一連の作業を見届けて、ああよかった、と私は安堵していた。きちんとした手順を踏まえて、最後の羊は処理された。これできちんと羊飼いという仕事を終えられる。悲しみとか、寂しさとか、人様に説明できるほど明確な感情はない。

ただ、体のどこかの筋肉が緩んだ気がしていた。私はもう羊飼いではなくなったのだ。

斜陽どころか日没産業

私が羊飼いをしていた頃、育てた羊はラム肉やマトン肉としてレストランや個人に販売してきた。小規模なため、実家の酪農従業員の仕事の方が労働時間の多くを占めてはいたが、あくまで羊飼いの方が本業だ。

『羊飼い』という職業名に関して、『牛飼い』であれば『酪農業』という言葉に置き換えることが可能なのだが、『羊飼い』は他に置換できる言葉がないように思う。『牧羊業』？　放牧をせず畜舎飼いをモットーとする羊飼いもいるから、それは違う気がする。やはり『羊飼い』は『羊飼い』としか言いようがない。そして、『酪農業』と同じく立派な畜産業の一種

である。にもかかわらず、初対面の人と会話するたびに、

「お仕事は何を？」

「羊飼いです」

「……え？」

という、なんとなく微妙なやりとりを重ねてきたのは、ひとえに日本人は羊飼いという職業に馴染みが薄いせいであるのかもしれない。

羊は牛や馬と違って本格的に日本で飼育され始めたのは明治以降、それまではほとんど『中国の文献に出てくるけど誰も見たことがない謎の動物』扱いだった（補足しておくと、平安時代などに幾度か個体が大陸から持ち込まれたものの飼育技術がなく、繁殖やましてや畜産動物として定着はしなかったらしい）。

日本人の洋服導入、それにも増して軍服としての需要が高まり、政府が主導して羊の飼育奨励が行われたが、戦後、輸入羊毛・羊肉の関税は自由化される。これによって海外から安価な羊毛・羊肉が流入することになり、国内で産業としての羊飼育は斜陽産業どころか日没産業といえるほどにまで落ち込んでしまった（ちなみに現在、北海道は羊肉を使ったジンギスカンが名物料理とされているが、使用される羊肉のほとんどはオセアニアからの輸入肉である。流通している国産羊肉の総量は鯨肉のそれに負けている）。

それでも、農業政策の柱ではなくなった羊産業に、ある人は肉、ある人は羊毛、またある

人は観光資源としての魅力を感じ、細々とながら日本国内の羊生産は続けられている。

特に、道内では農業大学で羊の魅力に取りつかれた人たちが職業としての羊飼いを旗揚げし、同じく羊飼育に憧れる人々、かつて農業試験場で羊を扱っていた人々などの繫《つな》がりを通じて、牛・馬・豚・ニワトリに比べると小規模ながら確固とした羊飼育の伝統が受け継がれ続けている。

酪農家の娘、羊病にかかる

私の故郷、別海町《べつかいちょう》は北海道東部にある。

別海、といってもすぐに分かってくれる人は少ないので、「知床半島と根室半島の間あたり」と説明することにしている。近年は地元の別海高校が二十一世紀枠で甲子園に出場したので、ちょっといい意味で知名度が上がった。

人口約一万四千人。飼われている牛の数は約十一万頭。主産業は酪農業と漁業。北海道内の典型的な田舎町だ。

酪農をしている私の実家は家族七人に対して乳牛約百二十頭。そして、最大で約四十頭の羊がいた。

私は兼業羊飼いとして、実家で酪農従業員をするかわりに敷地の一部を使わせてもらい、羊を飼育していた。

最大で四十頭、というのは、子羊が生まれた季節に数えた数である。私が飼っていた頭と足が黒い羊・サフォーク種のメスは年に一度、おおむね双子を産んで増えていくので、その生まれた子を足して約四十頭。ただし、その子羊が大きくなると繁殖用に選んだ数頭を除いてラム肉となるよう出荷していくので、飼育規模の説明としては繁殖メスが十五頭ぐらい、と言った方が正しいだろう。

私が羊飼いを目指したきっかけは、大学時代のことだった。酪農家の娘だが畜産関係の学部ではない。経済学部だ。一応、農業経済学や環境経済学の授業もとっていたが、専攻はまったく違ったし、卒業しても農業に関わる気はまったくなかった。

故郷とはかけ離れた札幌の街の中で、バイトに授業にサークルにと、慌ただしく時間は過ぎた。人見知りの割に色々な知り合いに恵まれて、様々なことを教えてもらった。

そんな中、教授の庭で催されたバーベキュー大会で、私は北海道産の羊肉を食べた。料理はシンプルにブロック肉を炭火焼きにして焼けたそばからナイフで削いで食べる。味付けは塩とコショウ。羊の肉と言えば輸入肉のジンギスカン、と刷り込まれて育った北海道民にとっては、既成概念を覆すような美味しさだった（一応補足すると、私は輸入肉のジンギスカンも美味しいと思って食べている。子どもの頃から慣れ親しんだソウルフードと言ってもいい。ただ、旨さのベクトルが違ったのだ）。

実家の河﨑牧場では酪農従業員として働く。朝早くから家族総出で搾乳する

俄然興味を持って調べてみると、道内でも羊飼いとして生活している先達がいること、酪農と違って行政や農協のサポートはほとんど望めないが、その分自分たちで工夫や研究の余地があること、などが分かってきた。

生き物や自然は好きだが、酪農家の娘として生活していた私は新規就農、ましてや女一人での酪農経営はほとんど無理であろうと思っていたし、酪農の過酷さも身に染みていた。しかし、羊ならば、規模や収入は酪農には及ばないかもしれないが、その分違ったやり甲斐というものを得られるかもしれない。実際に、道内で女性一人で羊飼いをやっている人もいるらしい。

そして何より、あんな美味しい肉を自

分でも生産してみたい。結局これが一番の動機となり、私は羊飼いという仕事に惹かれることになる。後に羊飼い仲間から聞いた話だと、このように羊と羊飼いに憧れることを『羊病にかかる』というらしい。まさにこの頃の私は、羊病にかかりたてだったのだ。

当時、文章を書く仕事や報道に携わる仕事がしたいと思っていたのでそういった関係のアルバイトを多くしていたが、就職氷河期のど真ん中だったのと自分の力不足により（後者の要因の方がかなり大きい）、望んでいた方面の就活は全滅。あからさまに怪しい、今でいうブラック企業ならば潜り込めそうだったが、さすがに躊躇《ためら》われた。

その一方で、羊病の熱は上がるばかりだ。ついには海外で勉強してみたい、という欲も出てきた。

『分娩シーズンにいらっしゃい』

調べてみると、世界で羊を多く生産している国はオセアニア、南米、南アフリカ、イギリス、フランス、アイスランドなどなど。日本ではマイナー家畜である羊は、世界では超メジャーな家畜なのである。それほど暑くなく、かつ適度な放牧地を確保できるような国では飼いやすい動物なのだ。

興味本位で調べていた私は、『もし自分が実習に行くとしたら』と現実的な仮定をし始めた。英語が通じて、ビザが取得しやすくて、そこそこ治安のいいところ。絞られたのはアイスランド、オーストラリア、ニュージーランド、イギリスだった。

ただしアイスランドは言語のハードルが高いうえ、日本からのアクセスさえ簡単ではない。また、イギリスはワーキングホリデービザがあるといっても門戸が狭いらしい。自然、オセアニアの二国が残った。

しかし、最大の問題が横たわっている。その当時、農学系でもなんでもない大学四年生の私は、海外に何のツテもないのだ。たとえワーキングホリデービザで入国してから実習先を探すとしても、ビザの期間はたったの十二か月であることを考えると、時間が惜しい。できることなら実習先を決めてから現地に行きたい。

私は藁《わら》にもすがる気持ちで羊飼い関係者に電話をし、かくかくしかじか、将来羊飼いになりたいので海外で実習をしてみたいのです、と相談した。なりふりは構っていられなかった。すると、ある関係者の方が、自分がかつてニュージーランド（以下、NZ）にワーキングホリデーに行ってお世話になった牧場を紹介しよう、と言って下さった。

ありがたい、とご厚意に甘え、拙い英文で先方の牧場にEメールを送り、やりとりをすること数度。

『じゃあ再来月から分娩シーズンに入るからそれに合わせていらっしゃい』

というお返事を頂いた。

私はふたつ返事でお願いすると同時に、急遽決まった渡航に向けてビザの取得、アパートを引き払う準備など、急に目まぐるしい思いをすることになった。友人たちは仰天していた（そりゃそうだ）。

家族に話したら友人以上に驚かれてしまったが（実にもっともだ）、「お前は用心が過ぎて石橋を叩き壊す性分なんだから、いっそ思い切って行ってきなさい」というありがたいお言葉を頂戴した。

今思い返しても、どうして反対されなかったのか不思議ではある。なんだかんだ言って、うちの両親も新規就農者として酪農を始めたというのが関係していたのかもしれない。内容の突飛さに差はあるとはいえ、戦後的フロンティア精神を一番自覚していたのは両親なのだろうな、と今なら思う。

そうして、家財を整理し、重量級のボストンバッグを担いで、羊をまともに飼ったこともないまま、文系大学卒業生の私は羊を求めてＮＺへと旅立った。

無謀だ。無謀だけれど、まあ仕方がない。目標と過程を間違わなければ大きな失敗にはならないはずだ。たぶん。羊飼いに惹かれたことを縁だとするのなら、それを信じていっちょやってみようじゃないか。そう自分を励ましながら。

これが、私が羊飼いになる第一歩だった。

羊の国、ニュージーランド

二〇〇二年八月。南半球は冬のさ中。私はＮＺ南島の最大都市、クライストチャーチの空港に降り立った。事前に連絡し合っていた通り、受け入れ先の牧場主、ドン・サージェント、ジェニー・サージェント夫妻は早朝にもかかわらず、自宅から車で二時間離れた空港まで迎えに来てくれていた。

丘陵地帯を全て牧草地にしたような見晴らしのいい場所のど真ん中にサージェント一家の牧場はあった。農地面積は二百ヘクタール。

羊二千頭のほか、肉用牛を六百頭飼育し、夫婦二人で管理している。「ＮＺの農家では小さな方だよ」と言われたが、言うまでもなく日本の農家からしてみれば桁違いのスケールだ（※うちの実家は農地八十ヘクタール）。

夫婦そろって朗らかで恰幅のいいお二人は、緊張しまくっていた私を快く受け入れてくれた。到着してすぐに、「じゃあさっそく羊を見回りに行こうか！」と言われ、ドンが運転する四輪バギーに乗せてもらった。そして、バギーの後ろをついて走る牧羊犬数頭をお供に、パドック（放牧地）に広がる羊を見に行った。

広大な牧草地のあちこちに、綿の塊のように点在しては気ままに草を食《は》む羊たち。まるで絵葉書のような世界が目の前に広がっていた。今まで、観光で北海道に来た人がのべつまく

広大なサージェント家の牧場。実践あるのみの生活の中でバギーも乗りこなせるように

なしに写真を撮る姿を、私はもう笑えない。人間は、生まれ育った場所以外では何がしかの感情が揺れるようにできているのだとこの時知った。

ところで、八月ということは南半球では真冬である。北海道と比べて大分暖かいとはいいえ、昼過ぎになっても日陰の牧草地は霜に覆われたまま。しかも、パドックひとつひとつに結構急な起伏がある。そこを走る四輪バギーに同乗（ヘルメットなし）するのは、遊園地でスリル系の乗り物大好きな私を以てしても、率直に言って、超怖かった。

やばい私これ死ぬかも、と思ったが、ドンが操るホンダ製バギーはうなりを上げて、滑る急斜面をするする登っていく。すごいぞ日本製。ありがとうホンダ。日本を離れた初日に日本製品に感謝するとは思わなかった。

余談だが、NZ国民の日本製二輪車・四輪車に対する信頼は凄まじい。いい中古車＝日本車だし、農業用バギー・バイクは日本のメーカー以外のものを見ることがなかった。一般人の認知率もかなりのもので、チェックインなどで口頭で姓を名乗る時、「綴りは？」と訊かれて「バイクと同じで」と答えれば大概は「……ああ！」と納得してもらえた。ありがとうカワサキ……。

後から聞いたことだが、NZでは農業用バギーによる深刻な事故が多いそうなので、より注意して乗るべきだそうだ。ドンの三人いる息子のうち一人も、子どもの頃、バイクごと敷地内の崖から転げ落ちて足に酷い怪我を負ったことがあるらしい。ロシア人の専門医によって何本もボルトを入れられたそうだが、その後イングランドにラグビー留学するほど元気になったそうだ。

バイクに限らず、農業現場におけるあらゆる安全管理＆事故予防の講習会（そしてテスト）を私も受けたが、かなり真剣かつ実践的なものだった。国民福祉が手厚いNZでは万が一の事故の際、かなり手厚い保障が為されるが、それだけに予防運動もかなり力が入るようだ。

多忙な中でのある「困りごと」

初日から桁違いの農業に度肝を抜かれつつ、ＮＺでの私の羊飼い修業はスタートした。形の上は、サージェントさんちの牧場で作業をする代わり、食事と寝場所を提供してもらう無給住み込み従業員だ。

ただし、何せ私は羊飼いとしてまったくのゼロからスタートなので、それに見合うだけの労働が提供できていたかどうかは甚だ疑わしい。自分の非力さと経験のなさを申し訳なく思うほど、サージェント夫妻は実に親身になって、時には他の牧場や競り会場に連れ出して、羊に関することを教えてくれた。

雪がほとんど積もらないＮＺ南島の冬は北海道育ちの私にとってはそこそこ快適だった。上着と手袋さえ忘れなければ外で作業をしていても寒くはない。ただし、時期は分娩シーズン。畜舎ではなく放牧地で過ごし、さらにそこで出産をする羊たちにとっては過酷な環境だった。

朝晩二回、二百ヘクタールのパドックをバギーで回り、分娩直前の母羊に異常はないか、分娩直後の母子に異常はないか、見回りをする。異常分娩などで産道から子羊が出ない場合、放牧地のど真ん中で腕まくりして手を消毒し、分娩の介助に踏み切るのだ。

難産ではない場合、生まれ落ちた子羊はすぐに立って温かい初乳にありつき、母羊の豊かな羊毛に寄り添って眠るのだが、なかなか全てがそう理想的にはいかない。双子、三つ子のために母親のケアが行き届かず、濡れた体が冷えて弱ってしまったり、せっかく産まれたのに母親が自分の子と認めてくれず、頭突きをくらって乳にありつけない場合もある。

そうして親とはぐれた子羊がいれば母親探し、育児放棄をした親がいれば母子を小さな柵で囲う、死にかけた子羊は回収して家で温めたり哺乳をしたり、などなど。合間には柵の補修や牧羊犬の世話・訓練、肉用牛への餌やりや移動も欠かせない。

この時期、各羊農家は道路に面した敷地に大きなゴミ箱状の箱やドラム缶を加工した入れ物を設置する。配達された新聞や郵便物を入れるのではなく、パドックを巡回して見つけた子羊の死体を入れておくのである。

中身が入っている場合は、郵便箱のようにサイドにつけたフラッグ型の小さな棒を立てておく。すると、一日一回、皮加工業者が巡回して亡骸《なきがら》を回収していくのだ。やがて、彼らの工場で子羊の皮は剝《は》いで鞣《なめ》され、高度な技術をもって革製品へと形を変える。

一度、皮加工業者がニュースで「今年は冬の冷え込みがひどいから子羊の死亡率が高く、仕事が忙しいよ」と困ったように話していたのを見たことがある。なるほど、羊飼いの仕事が他の産業とも密接に関わりあっているんだな、と納得した。

子羊の皮が高級な素材であるということは私も何となく知っていた。それにしても、まさかこんな庭先のドラム缶に入れておいて回収するシステムがあるとは思わなかった。

やがて分娩シーズンが終わり、ドラム缶の棒を立てない日が何日か続くと、ドラム缶を撤収することになる。もちろん回収された子羊の数に応じていくばくかの代金が支払われているのだが、羊飼いとしてはやはり子羊をどれだけ死なせずに育て上げるかが肝要だ。来年はあまり使われませんように。そう願って納屋の奥へとドラム缶をしまった。

文字通り、ゆっくり休む暇もない繁忙シーズンではあったが、私は初めて接する飼育の現場で常に気を張り詰めていた。何せ憧れていた羊飼い生活。しかも世界でトップクラスの飼育技術をもった国の現場。写真を撮り、ドンの手が空けば質問してメモを取り、仕事が終わって夕食を終えた後の時間は辞書を片手に専門書を読み漁《あさ》っていた。今思い返しても、我ながらあの頃の体力と集中力は凄かった。羊病恐るべし、である。

生活と仕事のリズムがなんとなく落ち付き、サージェント一家とも打ち解けてきた頃、私には困りごとが出てきた。日本語に飢え始めてきたのだ。田舎にぽつんとある牧場では日本人に会う機会などない。ジェニーに頼めばパソコンでアナログ回線のインターネットは使えたが、居候《いそうろう》の身ではそうそう頼みづらい。

なおかつ、今と違い電子書籍用タブレットなどない時代である。ボストンバッグの隙間に埋め込んだのは『地球の歩き方』と文庫本一冊（ちくま文庫の中島敦《なかじまあつし》全集第一巻）だけ。私は日本語が恋しくなるとその二冊を繰り返し繰り返し読んだ。しかし、内容を覚えてしま

う と新たな活字が欲しくなる。

そこで、街に買い物に行く際、ついでに大きな書店に行くことにした。探すと、日本人の名前がついた本があるではないか。カズオ・イシグロとハルキ・ムラカミの本が！

……そう、どちらも英語のペーパーバック版である。そこで私は村上春樹《むらかみはるき》の既読作の翻訳版を数冊買いこみ、英文を追いながら頭の中で以前読んだ文章を必死に思い出して日本語読書の代わりとした。

帰国後、私は時間の許す限り日本語の小説を読みふけったが、それに飽き足らず、興味のある本は読む時間がなくとも手元に残すように心がけた。そう、積読《つんどく》である。あまり良くない癖だな、と反省しつつ、今に至るまで直らないこの癖の原因の一つは、NZ時代の経験にある。

北海道はNZの「商売敵」

さて、春も終わって分娩が終了し、子羊の離乳などが終わると、羊飼いの仕事も少し余裕ができてくる。私の実家のような家族経営の酪農家では毎日の搾乳があるため家族で何日も家を空けたりなど考えられないが、NZの羊飼いたちはオフシーズン、友人や親戚に最低限の羊の移動などを頼んで、長い時は半月も家を空けてキャンピングカーで国内を旅行したりする。

私も数日休みをもらって各地に小旅行に出かけたり、サージェント夫妻がボランティアをしているボーイスカウトのキャンプを手伝ったりと、少し羊と離れたところで楽しい時間を過ごせた。もともと覚束なかった英会話が、覚束ないなりに開き直って会話できるようにもなってきた。色々な人に出会い、そのたびに、「NZへは何をしに来たの？」と笑顔で問われ、私は一瞬だけ、答えに窮した。

「日本人が羊ぃ？」と、変に思われるだろうか。私はそう予想しながらも「羊のことを勉強しに来ました」と言った。すると大抵の人は「そう！」と相好を崩していた。中には自分も農家で育ったとか、親戚に羊飼いがいるとか、色々と教えてくれる人もいた。憶測ではあるが、そこには産業の基盤である羊産業を誇りに思っている様子が読み取れた。

その流れで、多くの人から「日本に羊は何頭ぐらいいるの？」と訊かれて「二万を切るぐらいです」と正直に答えたら、「それじゃNZの大きな農家一軒分だね！」と笑われてしまった。事実なのだからしょうがない。山（丘ではなく、本当に地図に〇〇山として表記されているような山岳地域だ）をまるまる一つ牧場にしているようなところでは、数ヘクタール当たりに羊一匹という密度で何万頭という数を管理していたりするのだ。

そのほか、出会った人と話していて意外だったのが、「日本のどこから来たの？　え、北海道!?」と驚く人が多かったことだ。

群れを移動させるのもこの迫力。「迷える羊」を出さないよう牧羊犬（左手前）と協力する

北海道なんて地名、よく知っているものだ、と思っていたら、どうも、「自然の宝庫で野生のクマがいるところ」（これに関しては、NZも相当な自然の宝庫だと思うのだが……いや確かにNZにクマはいないけど）

「日本の中でもNZみたいな気候や産業構造をしているところ」

「商売敵」（確かに日本に畜産物を売ろうと思うなら北海道は無視できない土地だろう）

……といったイメージが重なり、北海道に興味を持っている人が多いらしい（近年だとスキーリゾートとして認知されている可能性もある）。

また、日本人と分かると口調が柔らかくなったり、「私の息子が日本で英語教師をしているのよ」「昔、京都に一度行ったことがあるよ」と楽しそうに話してくれる人も多かった。NZの人といい関わり方をした日本人のお陰なのかもしれない。

今から二十年も前の話だし、たまたまいい人にばかり巡り合えていたという可能性はあるものの、NZで出会った人は日本人におおむね良い印象を持ってくれていたように思う。

あまりコミュニケーション能力が高くない私のことなので、本音を引きずり出すスキルに乏しかったせいもあるのかもしれないが、自分が望む分野を勉強できて、サージェント夫妻をはじめ、その過程で出会う人たちに恵まれていたということは、本当にありがたいことだと今でも思う。

現在、日本の農業の現場でも外国人労働者が増えてきたが、彼らにとってなるべくいい環境で、かつ学びの多い働き方ができていれば良いな、と自分の渡航経験を思い出しながら願っている。

「考えなさい。よく考えなさい」

ワーキングホリデービザのため、滞在期間は十二か月と限られている。目まぐるしく過ぎていく日程の中、学ぶべきことは山ほどあった。

どう羊を扱うのか。栄養管理は。運動は。疾病の対処は。効率的な肥育は……。そして、

NZとは気候も社会的な環境も異なる日本で、どう羊を飼うのがベストなのか。なかなか見当がつかない。

そしてやはり、働く中で、私は自分が女であること、体格の小さな日本人であることによって仕事の幅が狭くなってしまうことを感じずにはいられなかった。なるべく筋力トレーニングに励んだりもしたが、それでも上限はある。

ドンは、焦る私に対して、「考えなさい。女でも体が小さくてもやれる方法を、よく考えなさい」と繰り返し言ってくれた。努力をしても重いものを運べないのなら機械をうまく使う。作業が遅れるなら効率的にできる方法を考える。とにかく頭を使え、と言ってくれた。知識も経験も乏しい自分が考えてみたところで出せる結論など多くはないのだが、だからこそ、考えること、試みることをやめてはいけない。そう受け取って、私は残りの期間を勉強と仕事に費やした。ドンの言葉はNZにいた時だけではなく、今もって私をあらゆるところで助けてくれている。

時が過ぎるのは本当にあっという間だった。帰りの飛行機を予約し、最後の日まで普通に羊たちの世話をして、私は帰国の日を迎えた。入国した初日と同じように、ドンとジェニーは早朝に私を空港まで送ってくれた。

そして出国ゲートの前で泣いた。自分はこういう時は笑顔でからっと別れるタイプの人間だと思っていたので、涙の止め方が分からなかった。二人に抱きしめられて、また泣いた。

そして、涙と鼻水まみれで、子どものようにしゃくりあげながら出国ゲートに向かった。実に情けない。情けないが、もし、同じことをやらされたなら、私はたぶん同じように涙と鼻水まみれになるだろう。それぐらい、別れるのが惜しい国と経験だった。

第二章　羊はどこだ、そして山羊との戦い

羊飼い志望者

二〇〇三年、夏。私はＮＺでの約一年間の実習を終え、帰国した。

職業・無職である。学生でもなくなったというのに、年金も支払っていない。ただし、当時の私は無職ということにあまり不安や引け目を感じてはいなかった。

なにせ、時代は今でいう就職氷河期真っただ中。先輩や同期は優秀にもかかわらず望んだ職に就けなかったり、望まない分野への就職を余儀なくされていた。このため、『新卒でそれなりの企業に就職したり公務員にならねば人に非ず』……といった生きづらい雰囲気はなく、『健康で人様に迷惑かけなければなるようになるよね』というノホホンとした気配があった、ように思う。令和の現在、当時の弊害がいろんなところで問題視されているが、とりあえず私の周囲では今もそれぞれみんな立派にしぶとく生きているようだ。今後もお互いしぶとく粘り強く生きていきたい。

（ちなみに、未納分の年金は後に後納制度を利用してちゃんと支払いました）

さて、そんな無職の私。ＮＺで未熟なりに実践を積み、羊飼いになりたいという願いはますます大きくなるばかりだが、現実はとにかく厳しい。

求人サイトを開いても『求む羊飼い』なんて都合のいい求職が当時あるわけもなく（ちな

みに令和の今、探せばそういう求人があったりする。時代はちょっと変わった）、自分の羊を持って牧場を新規開業しようにも、そもそも羊がいない。国内の羊飼いもそれぞれ増頭・増産に勤しんでいて、なかなか売ってもらえる状況にはなかったのだ。

これがたとえば、新規で酪農を始めたい、という場合には色々と道がある。自治体が運営する新規就農者向けの研修牧場で修業を積めるし、資金についても農協や銀行から貸してもらえる。家畜市場に行けば牛も売っている。楽な近道こそないが、少なくとも道は舗装され整備されている。

しかし、悲しきかな羊は日没産業。羊の牧場を作るには、自分で道を切り開いていかねばならない。それに、私はまだまだ勉強が必要だとも痛感していた。ＮＺでの経験はかけがえのないものだったが、かの地で学んだことを今すぐ北海道で試せるわけでもない。どこがどう違うのか、どう工夫すれば良いのか。ＮＺで師匠のドンは言った。『よく考えろ』と。しかし今の自分には考えるための材料が足りない。日本でも実習できるところがあるか、それさえも分からなかった。

私は実家の牧場でひとまず農作業を手伝いつつ、日本緬羊《めんよう》協会（現・畜産技術協会）が行う研修会（ありがたいことに、そういうものがあるのだ）に参加したり、羊飼育の研究会にもぐりこんだりもした。

そして、ある研究会の後で催された懇親会（という名の飲み会）で、半ばだめもとで一人の先輩Sさんに「住み込みで実習させてください！」と頼み込んだ。

Sさんは釧路管内白糠《しらぬか》町で羊飼いをしている方だ。奥様とまだ小さいお子さんが二人いらっしゃる。新規開業されてからそれほど年数も経ってないとお聞きしているから、難しいかな……と思っていたのだが。

「いいよー」

「えっ⁉」

驚くほどすぐにSさんは快諾して下さった。嬉しさよりも驚きが勝ち、変な声が出てしまったほどだ。

「じゃ、分娩の時をはさんで半年間ぐらいで」

と、詳細までその場でするする決定してしまった。

後に分かることだが、Sさんもかつてはモンゴルで一年間ゲル（モンゴル風住宅）に暮らして現地の羊文化を学び（！）、先輩羊飼いの家に住み込みで実習に入って勉強された方だった。未開の大地かと思われたところは、探すと先人たちが根気強く歩いた小さな道があり、しかもその道を後輩に示して下さっていたのだ。私は感謝しつつ、Sさんのお宅にお世話になることになった。

その年の晩秋から、Sさんの牧場での住み込み実習が始まった。Sさんの奥様もとても良い方で、Sさんの後をモンゴルまで追いかけていったという（‼）、肝が太くも朗らかで気

温かい胎内から出ると、そこは極寒の北海道。こちらはサフォーク種の子羊

を配られる方だった（私は密かにグレートマザーとして尊敬申し上げている）。

　Sさんの緬羊は約二百五十頭。NZの時と同じく、ここでも分娩は真冬。ただしほとんど氷点下にならなかったNZの牧場と違い、しょっちゅうマイナス二十度になるという厳冬での仕事はかなり大変だった。

　分娩する母羊が難産で、産道に手を入れて介助をする場合がある。羊の胎内に手を突っ込んでいる間は温かいのだが、手を出すとすぐに手はかじかみ始める。しかも、胎内に手を入れて何十分もそのまま子宮口をマッサージして広げる場合、畜舎内とはいえマイナスの気温の中、体を動かして温めるわけにもいかないまま、母羊と共に戦い続けるのである。

北海道で羊飼いをやることの厳しさを、しもやけになった耳やら手をさすりつつ、私は現実として学んでいくこととなった。

羊と山羊は一括り

Sさんは、今まで私が出会ったことのない種類の『農家』だった。奥様やお子さんたちと農家であることを工夫し、楽しみを見出そうとする。自分のところで毛刈りした羊毛の有効活用方法を探し、またそれを楽しんで試行錯誤していらっしゃった。

もちろん私の実家も、NZのサージェント家も、余暇はカヌーに出かけたりキャンプをするなど生活を楽しんではいたが、趣味は趣味、農業は農業と、切り離していたような気がする。対してSさんは自分の羊の生皮をなめしてムートンを試作したり、羊毛からゲルを作ってキャンプをしたりと、『羊飼いであること』から存分に楽しみを見出そうとしておられた。

それは、効率を優先して生活の豊かさを得るのが前提、というNZの農家を見てきた私にとっては、羊の飼育方法の違い以上に大きく楽しい驚きだった。

繰り返しになるが、羊飼いは行政や農協のサポートが少ない。それは、自分の責任において自分の牧場の方向性を様々に試すことができるということとイコールなのである。Sさんだけではなく、日本では羊飼いそれぞれが、自分たちなりの展望や意図をもって各々の羊飼い生活を試みている。補助金も望めないし、社会的な補償もない羊飼い稼業ではあるが、最大の特徴とメリットはそこにあると言えるだろう。そして、私もそこに大きな魅力を感じて羊飼いを志したのだ。

いつか、私も自分なりの羊飼いの姿を追い求めたい。具体的な形はまだ分からないが、そう思いながら、私は真冬の羊の世話を続けた。

ちなみに、この時の私の身分は『住み込み実習生』である。住宅の空き部屋で寝起きさせてもらい、三食の提供を受け、羊の技術を学ばせて頂くかわりに労働力として働けるだけ働く。私はSさんが就農した時に牧場の敷地に残されていた築五十年以上（？）の母屋の一部屋をお借りした。

昔ながらの平屋住宅で、おそらく一度もリフォームされていない住宅は趣深く、お風呂は石炭焚き、暖房は薪を燃やすいわゆるダルマストーブだった。

当時Sさんご一家はご夫婦とお子さんが二人。二人とも男の子で、上の子は元気盛りの三歳、下の子は一歳ほど。ご一家には実習させて頂いたことに今でも感謝している。特に、奥様はただでさえ家事に羊の仕事にと忙しいのに、私の分の食事準備などもさせてしまうことになり、本当にありがたかった。

現在お子さんは男の子四人となり、一人立ちしたり各分野で活躍していたりと、親戚でもないのに「大きくなって……」と思わず胸が熱くなる。私の後、何人もの羊飼い志望者が実習に入り、そして独立していったそうだ。

たまにS家に羊を見に立ち寄らせて頂くと、ご夫婦は今でもあの頃と変わらぬ太陽のような笑顔で迎えて下さる。どうか健康に気を付けて、いつまでも元気な羊飼いでいて頂きたいと思う。


春。Sさんご家族のもとでの半年間の実習が終わると、私は一旦、別海の実家に戻った。しかし相変わらず手元に羊はいない。羊を購入する手立ても資金もない。どうしようか……と思っていた時、父が「Iさんとこの牧場、人手足りないっていうから、行ってみる？　山羊やってるし」と提案してきた。Iさんは隣町で酪農をしている父の友人だ。自分のところで牛乳の製造ラインをもち、最近は山羊乳の生産・出荷も行っているという。

羊と山羊。偶蹄目で、サイズも餌もかなり近しい。行政では羊と山羊は『緬山羊《めんさんよう》』といって一括《くく》りにされる。

……これは、羊とはちょっと違うけど勉強になるかもしれない。それに今回は、農協を通した実習生なので、実質従業員。お給料も出る。いずれ羊を購入しなければならない身にとっては大事なことだった。

こういった経緯で、私は今度はIさんの牧場に住み込みで働くことになった。Iさんの牧場は隣接した工場で自分のところの牛乳を殺菌消毒・パック詰めして、自社ブランドで販売もしている。山羊は人の勧めで、山羊乳は牛乳アレルギーの人でも飲めることからこの数年で導入・搾乳・販売を始めたそうだ。

実習生の仕事としては実家のような搾乳・牛の管理のほか、山羊の搾乳・管理、そして工場に入ってのお手伝いなど、多岐にわたった。忙しくはあったが、これほどバリエーション豊かな仕事を経験できる機会など滅多にない。穏やかなお人柄のIさんのもと、新鮮な体験をさせて頂いた。

こちらでも私は『実習生』という扱いで、やはり住み込みである。ご家族にご迷惑がかからないよう過ごすのが大人の気遣いというもの。

NZやSさん宅の実習の経験もあり、この頃には私はすっかり『風呂でお湯を無駄遣いせず、かつなるべく早く切り上げる』癖がついていた。

NZは特に、水資源が日本ほど潤沢ではないのでシャワーでササッと切り上げるのが普通なのだ。日本に帰っても、人様のお風呂をお借りしているのに長い時間をかけるわけにはいかない。子どもの頃は長湯が好きで、温泉などでは二時間ぐらい入っているのが普通だったのに、実習生活を経てすっかりカラスの行水になってしまった。今でもたまに温泉に行くと、「たまにはゆっくりしようか」と昔の感覚で長湯して、ウッカリのぼせてしまうほどだ。いいんだか悪いんだか。

多少の我慢やお世話になった人への気遣いも、若い頃の自分にとってはいい社会勉強になったように思う。もちろんそれは農業実習も同じで、酪農部門は実家と同じぐらいの規模であるIさんの牧場も、搾乳のやり方や牛の扱い方などが少しずつ異なり、非常に勉強になった。

思えば酪農家のもとで生まれ育った我が身でも、よその農家のやり方や考え方、経営方針などはなかなか見る機会がない。今の農業実習生や酪農従業員は住み込み体制が減って通いのところが多いが（そしてその方がお互い気楽ということもよく分かるが）、よそのお宅が生活込みでどのような姿勢で農業に向き合っているのか、ということをつぶさに見て学び、時に語らいながら教えて頂けたのは、住み込み実習ならではのことだったな、と今にして思う。

距離感ゼロの山羊に辟易

ところで、羊飼い同士で酒など傾けていると、「まあ俺らメーメー教だから」という話になることがある。もちろん冗談のネタとしてだ。

私もメーメー教の信徒である。羊を愛し、羊に人生を捧げ、（時にジンギスカンなどつつきながら）周囲に羊の素晴らしさを説くことによって世界の平和を推進する。なんという素晴らしい宗教だろう。

しかし、実はメーメー教には《メーメー教羊派》と《メーメー教山羊派》があり、偶蹄目を愛する者同士、一見穏やかな関係を築いているが、ひとたび酒が入ると「羊なんて草の選り好みが激しくて雑草処理には向かないじゃないか！」「いいや山羊なんて調子に乗るし腰麻痺やりやすいし、やっぱり羊が一番だね！」という、実に大人げない言い争いに発展することがある。教団内でさえこの派閥争いである。世界平和は遠そうだ（実は《羊派》の中にも羊肉の素晴らしさこそ羊の真価とする《羊肉派》と、羊の偉大さは羊毛にこそ由来すると考える《羊毛派》があり、……いやこの辺でやめておこう）。

以下、あくまで個人の好みを申し上げれば、私は断然、羊派である。

これはもともと、畜産の道を志した理由が羊の肉だったことが大きい。私はIさんのもとで働いていた時、試験的に去勢された若いオス山羊の肉を料理させて頂いたことがある。肉の繊維質が強くて脂肪は少なめ、それはそれでとても美味しい肉だった。しかし、商売として考えた場合、いかんせん山羊は歩留まりが悪い。要するに、一頭からとれる肉の量が少ないのだ。これでは商売を考えた時、どうしても羊の方に軍配が上がる。

そして、山羊は、性格が厚かましいのだ（※個人の感想です）。羊だったら飼育して慣れた羊であっても、飼い主との間にはある一定の距離がある。しかし、山羊はゼロ。ひとたび『餌やりマン』と認識されるが最後、作業している時にちょっかいは出してくるわ、噛みついてくるわ、挙句の果てにちょっと人がしゃがんだらすかさず登ろうとするわ。

常に距離ゼロ。人間に喩えると、常に酔っぱらって誰彼構わず絡んでくるウェーイなパーリーピーポー状態なのである（※あくまで個人の感想です）。

……無理。その陽気さ、私は愛せない。もっとこう、奥ゆかしい愛でいい。

私は山羊の群れのど真ん中で、自分の中にある羊愛を改めてアップデートさせることになったのである。

ついに羊がうちに来る！

そんなこんなで、牛と山羊にまみれて仕事をしている二〇〇四年、携帯電話が鳴った。以前、研修で知り合った十勝の畜産試験場の方からだ。

『うちの歳とった雌羊《めひつじ》を二頭払い下げるんだけど、いる？』

「え、払い下げですか！」

『試験では繁殖年数過ぎてるからもう使わないけど、元気だし、ちゃんと世話すればまだ子羊産めるから』

「本当ですか、助かります、ぜひお願いしたいです！」

羊が手に入る。しかも、子どもを産める個体を、二頭も。私は二つ返事でお願いした。

たとえ、この時お話を頂いたのが繁殖不可能（オスなら去勢済み、メスなら繁殖障害や高

見よ、羊たちのこの絶妙な距離感を！　給餌中に登ってきたりなんてしないのだ

齢など）な羊であったとしても、飼育経験を積むために私は購入しただろう。しかしやはり、繁殖が可能な個体かどうかは大きな違いだ。二頭それぞれが、仮にあと一回ずつ、一頭ずつしか分娩できなかったとして、確率的には最低でも繁殖できるメスの子羊一頭が残る。獲らぬ狸の皮算用であるのは承知の上、皮算用でもなんでも繁殖計画のうちだ。

かくして、私は羊二頭を手に入れることになった。

しかし、まさか実習先であるIさんの家で飼わせてもらうわけにもいかない。ひとまず実家に連絡し、実家の倉庫の隅で二頭を飼わせてもらい、その代わり、私は従業員として牛の仕事をすることとなった。

実家に帰り、酪農従業員として働きながら羊を飼う日々がいよいよ始まる

幸いIさんのお宅は息子さんがUターンなさって仕事の手が足りるようになり、離職は問題ないばかりか、私がやりたかった方向へ踏み出したことを喜んで下さった。Iさんご夫妻といい、Sさんご夫妻といい、声をかけて下さった関係者といい、本当に人に恵まれていると思う。

たった二頭、しかし確実に私の羊である。ようやく私は、『羊飼い』の端くれの端くれに到達した。

母と羊の記憶

私が小学生の頃、別海の実家で一度だけ羊を飼ったことがある。

去勢済みの雄羊《おひつじ》で、品種は分からないが全身白というか薄汚れた灰色。何歳なのかも分からなかった。今思い返すと、去勢済みにしては体と顔つきがいかつかったので、大きくなってから去勢されたものだったのではないかと思う。

どういう経緯で来たのかは知らない。たぶん、知人の家畜商さんかどこかから譲り受け、うちの両親と「草刈り用にちょうどいい」という話になったのだろう。

当時の私は羊に関心がなかった。愛想もなく、ただもそもそと草を食べるだけの羊だったので、普段の姿にも強い印象はない。主に母が面倒を見ていた。

羊って、平穏で、のんびりした生き物なのだなあと考えていた。穏やかな日々が覆されたのは、彼を飼い始めて数か月経った、とある休日の午後のことだった。

「たぁーすーけーてー！」

茶の間でのんびり暇を持て余していた私は、誰かの叫び声を聞いた。なんだろう、今、助けを求める声が聞こえたような、聞こえなかったような。

「あぁーきーこー！　たーすーけーてー‼」

まさかの名指し。SOSの主は母であった。私は慌てて外に飛び出し、声のする牛舎横の方へと走った。そこでは見たことのない光景が繰り広げられていた。

母が羊に襲われていた。いや、正しくは、母を頭突きしようと構えている羊と、木の柵を構えて防戦一方の母がいた。なぜ、羊と母が戦っているのだろう。状況的には母が防戦一方なのか？　家庭内最強の母よりも、もしかして羊の方が強いのか？

一瞬、何が起こっているのか分からず呆然とする私に、母はなおも叫んだ。

「秋子！　何やってるの、助けて！」

「いやそう言われましても」

か弱い小学生の私が、母を追い詰める羊をどうこうできるものか。

「いいから、牛舎行って牛のエサちょっと持ってきて！」

私は慌てて牛舎へと走り、牛の配合飼料をひとつかみ持って、なおも対峙する母と羊のもとに戻った。羊の鼻先に近づけてから、地面に撒いてやる。闘争心に食欲が勝ったのか、羊はさっきまで母をロックオンしていたのが嘘のように、のんびりと配合飼料を食べ始めた。

一方、羊から距離をとった母はまだ恐怖と怒りで顔を引きつらせている。

「一体どうしたのさ」

「知らないよ！　お母さん何もしてないのに、いきなり羊が足に頭突きしてきたんだよ！」

見ると、ズボンをめくった母の足には大きな青タンがしっかりと残っていた。牛飼いという稼業のうえは、牛に蹴られたり踏まれたりで怪我をすることは日常茶飯事だが、こうまで露骨な悪意を向けられて怪我を負うことなどそうそうない。……羊っておっかないもんなんだな、と当時の私は思った。

「こんな凶暴な羊をこれ以上飼うわけにはいかない」と両親の間で合意が形成されたらしく、ある日私が学校から帰ると、羊の姿はなくなっていた。

羊が姿を消した数日後、『微妙なジンギスカン』が食卓に並んだ。両親は肉の出所を明らかにはしなかったが、まあ、何となく察せられるものである。

この時食べたジンギスカンがもし美味しかったなら、小学生の時点で私は羊飼いを人生の目標にしたのかもしれない。冷静に考えれば、去勢済みとはいえかなり大きくなったオスの羊肉だ。特有の匂いも強いし、筋繊維も硬かったことだろう。

わが家で最初に飼った羊はこうしてジンギスカン鍋の露と消えた。

目指すは二頭を千頭に

『微妙なジンギスカン』が食卓にのぼった日から十数年後、私は二頭の羊を連れて、実家に戻ってきた。

今度は肉用羊として名高いサフォーク種の純血。畜産試験場から払い下げを受けた、大人しい年取った雌羊である。

羊小屋があるわけではないので、乾草庫という大きな納屋の一部を柵で区切り、敷き藁をしいてそこで飼育を始めた。二頭ともおっとりしており、人に危害を加える気配はない。

「羊を連れて実家に戻ろうと思う」と私が言った時、家族、特に母はかつて自分に怪我を負わせた雄羊の悪夢が蘇ったことだろう。それを思えば、すんなりと飼育にＯＫを出してくれ

実家の片隅で飼い始めた二頭の羊も、出産、出荷を繰り返し、少しずつ増えていった

て、本当にありがたいと思っている。

実は羊を連れて帰る前に、実家はひとつの転機を迎えていた。入植してからこちら、幾度かの大きな地震を耐えてきたわが家が、とうとう建て替えの必要に迫られたのだ。

敷地内に新しい家を建てる際、建て前として知人友人近所の人をお招きして大きな焼肉大会をすることになった。この時、羊飼いの師匠Sさんにお願いして、Sさんが手塩にかけた羊を出張料理でみんなに食べてもらったのだ。

スパイスを工夫したロースト、骨付きの肉を岩塩で煮た柔らかなシュウパウロウ（内モンゴル風塩煮）、などなど。そのとろける脂、旨味あふれる肉の滋味。かつて河崎家内で刻まれた『微妙なジンギスカン』の記憶が完全に上書きされる美味しさだった。

このSさんの料理により、『羊肉は美味しい』という認識が家族内、および近隣の人々の間で形成された。私にとってはありがたい追い風である。

「うちで羊飼ったら、ちゃんと自家消費分も確保するから」と約束をし、私の羊は実家の中ですんなりと居場所を得るに至った。まったく、Sさんとその羊のお陰である。


そんな経緯があり、私の羊飼い生活が実家でスタートした。

最初に実習をしたのがNZだったこともあり、私の中で理想の緬羊飼育モデルはNZのような千頭単位での大規模屋外飼育だった。この二頭を育てて、チャンスと資金があれば外部から羊を購入して、どんどん羊を増やしていく。手元の羊が増えたら、実家から出て、どこか離農跡地でも購入して自分の羊牧場を営んでいきたい。それがこの頃の目標だった。

NZのような大規模飼育では、羊の群生動物という特性をフル活用して飼育が行われる。一つの群れを五十頭以上の単位にすると、例えば放牧地の移動ひとつとっても、人間のみで行うよりも牧羊犬を使役した方が誘導が容易になる、などの分岐点が発生する。

そして羊の母数が大きくなればなるほど、群管理が基本となる。これは、一頭一頭に目をかけて個別に細かく対応する個体管理ではなく、あくまで群全体の平均クオリティを維持し、管理することに重点を置いている。

具体的には、群全体の肉付きや毛の品質管理が上がることを心掛けて給餌や移動をし、基準を満たさない個体については排除して群全体の品質を保つ。いわゆる淘汰だ。千頭単位の羊を飼育し、かつ商業的に一番利益を上げられる方法だと言えよう。

私の最終目標はこの大規模飼育・群管理だった。羊の個体数が少ない日本で安定的に増頭し、肉の流通量を増やし、羊肉消費の文化を定着させるためには、これが一番の近道だと思われた（色々あって、羊飼いを離れることになった現在でも、この方法が理想形の一つだと思っているし、誰かが実現してくれればいいなと密かに思っている）。

「母代わり」に連休などない

理想は大規模・群管理とはいえ、私はまず、手元の二頭をとにかく大切にして増頭に励み、できるだけ一頭も死なせず育てていかなければならない。知人の羊飼いから種羊を借りてきて、二頭に交配させる。

幸い、歳をとっているにもかかわらず、二頭とも受胎、無事に子を産んでくれた。二頭と一頭。わが家で生まれた、初めての子羊である。無事に子羊が生まれて乳を吸うまでは、物陰から固唾を呑んで見守った。

子羊が生まれた際、親が育児放棄してしまったり、三つ子で親が面倒を見切れなくなった

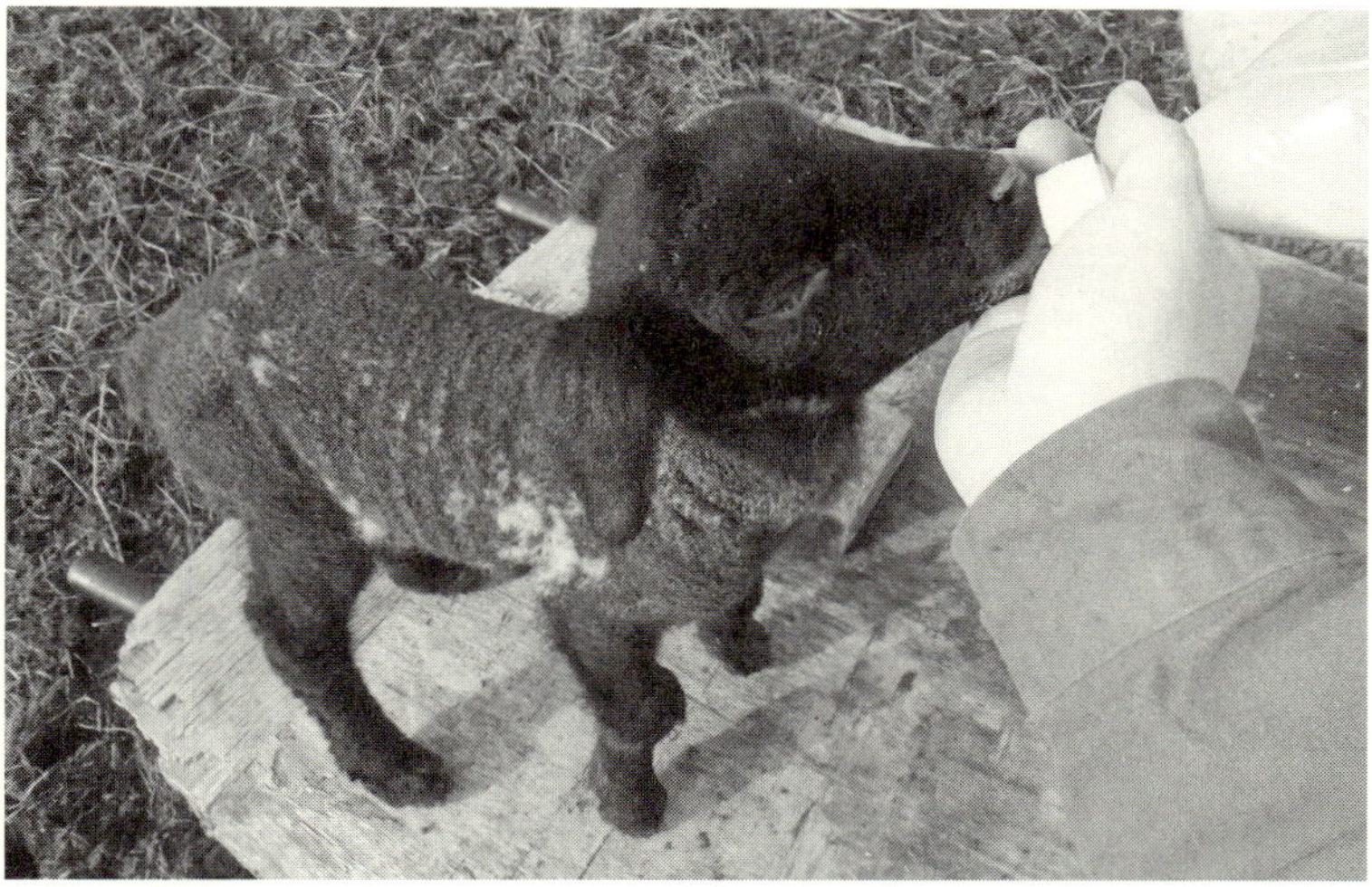

大型連休で世間が浮き足立っていても、人工哺乳する側にもされる側にも関係ない

りする場合がある。そんな時は、人間が母羊の代わりに人工哺乳をして育ててやらなければならない。幸い、うちは本業が酪農業のため、羊に飲ませてもいい牛乳は十分にある。ペットボトルに温めた牛乳を入れ、羊用の哺乳乳首を取り付けて飲ませるのだ。

子羊が生まれて間もなくは二、三時間に一度。真夜中も含めてだ。成長してからは一度に哺乳する量を増やし、回数を減らせるとはいえ、ひとたび人工哺乳の子羊を育てるとなれば、離乳まで生後三、四か月ほどは哺乳を続けなければならない。

私の場合は羊の管理は一人でやっているため、人工哺乳の時期はろくに遠出もできない。早春に生まれた羊が立派に草を食べるようになるまで、泊りがけで旅行に出ることもなく、ゴールデンウィークは世の中がやれ観光だ旅行だと浮かれ騒ぐ中、黙々と羊に哺乳をしては浮かれ騒ぐ世間様に恨みがましい目を向けていたものである。

最終的には、「ま、自分がやりたいからやってるし、いいんだけどさ」と自嘲と諦念の境地に至ったわけだが、でもやっぱりちょっとは悔しかった。

現在、農業の現場を離れてしまった私だが、かつての自分の辛さを忘れず、ゴールデンウィークでも毎日頑張って人の食べるものを作って下さっている各農家さんに感謝を忘れないようにしたいものである。

損得を秤にかけて生死を決める

まだたった数頭。世話といえば餌をやる、水をやる、柵の中を掃除する、ぐらいのものだ。それよりは、実家の酪農従業員としての仕事の方が何倍も多い。牛飼いの仕事は早朝に始まり、朝の掃除、餌やり、搾乳などなど。休憩を挟みつつ、朝から夕方まで牛中心の生活となる。羊飼いと名乗りつつ、生活はほぼ酪農従業員だった。

先は長い。そう思いつつ、自分の羊を育てる喜びは将来の不安に勝っていた。仕事の割合でいえば酪農が多いとはいえ、気持ちとしては自分はあくまで羊飼いとして農業をしている。

そういう心づもりだった。

そうやって注意に注意を重ねて羊を飼育し始めてから三年後。元気で生まれてきた子羊のうち一頭が、どうにも痩せてきてしまった。餌を変えても、薬を注射しても改善がみられない。とうとう足が立たなくなってしまった。

本来であれば、見切るべきポイントである。自分の足で立てなくなった個体は、もうどうしようもない。足をマッサージしても改善される見込みはない。飼育の手間、かかる餌代、今後の価値。経済動物であるうえは、損得を秤にかけて飼い主が生死を決める必要がある。私は、この弱った羊をできるだけ延命させることに決めた。可愛がっているからでも、可哀相だからでもない。私の、ただの経験値蓄積のためだ。

他の群れから外して一輪車に乗せ、カラスに狙われないよう住宅近くの芝生に横たえて青草を食べさせた。しょっちゅう体位を変えて床ずれができないようにし、首が持ち上がらなくなってからはスポイトで水を飲ませた。そしてそのまま、羊は静かに息を引き取った。

私は死体を解体処理場に持っていき、係員さんに許可をもらって羊の腹を割《さ》いて、内臓を確認した。胃腸は問題ない。肺もきれいだ。ただ、心臓だけが本来あるべき色と張りを失って、白っぽく頼りない小さな塊になっていた。先天性のものと思われる。つまり、あの羊は弱り始めていた時点で治療という意味で手の施しようがなかったのである。

日本に戻ってSさんのもとで実習をした時、Sさんは『羊を何頭も死なせてしまって羊飼いは一人前』と言った。経験の浅い私は、死なせてしまわないに越したことはないんじゃないだろうか、と、その言葉にピンとこなかった。しかし、自分の羊を死なせてようやく、Sさんの言った意味が分かったような気がした。

次に同じような症状の羊がいたら、立てなくなった時点で私は淘汰する。この時私は、自分の中にそういうガイドラインを設けた。

助けられない羊の命を長らえさせたことが、他の人の目から見た時にどういう感想を持たれるかは様々だろう。ただ、『羊飼い』として私は必要な経験を得られたし、それは今後に活かすことができる。活かさなければならない。そうしなければ一人前にはなれないし、他の羊を生かすこともできない。私が選んだのはそういう職業だった。

商売としての羊飼い

二〇〇四年、二頭から飼い始めた羊は、分娩のシーズンを迎えるごとに徐々にではあるが増えていった。二年も経つと、さすがに乾草庫の隅っこでは手狭になってくる。どうしようか、羊専用にD型ハウスを建てねばならないか。でも資金が……と思っていたら、「よし、小屋作るか」と立ち上がった人がいた。父だった。

公務員を脱サラして酪農を始めた父は、娘の私が言うのもなんだが器用な人で、自分で何でもやろうとする人だった。機械の修理や畜舎のちょっとした増築などは、ひょいひょいやってのけてしまう。『農家のオヤジスピリット』である。

いかんせんプロではないので詰めが甘くて後にボロが出ることもあったが、「まずやってみよう」という腹の据わった姿勢は、農家の先輩として頼もしくもあった。

羊小屋の場所は、家の向かいにある牧草地の隅に決定した。決定権は私にはない。父が決めた。

家にあった払い下げの電柱を柱にして、古い木製牧草ワゴンを解体して壁に。屋根に梁《はり》を渡して緑色のトタンを張れば出来上がり。コストはなるべく少なく、あるものを有効活用。農家ＤＩＹの基本である。

私もいくらかは手伝ったものの、『主な制作／父』による羊小屋、完成である。『娘のために』というのと『自分が作りたい』の比率が何対何だったのかは私から聞くわけにいかなかったが、ともかくも、こちらからは感謝の言葉しかない。持つべきものは身内である。

余談だが、牧草地の隅という立地上、この小屋は冬になると風と雪が直撃する場所と後に判明した。羊小屋として十余年の利用中、猛吹雪のため屋根がスポーンと吹っ飛ぶこと二回。だが、壁と柱はほとんど壊れていない。父は完璧ではないが偉大である。

さて小屋も完成し、間借りではなく羊が育っていく場所が整った。

父手製の羊小屋。電柱を再利用した柱はさすがに太くて頑丈だ

同時に、かねてより育ててきた去勢オスの子羊が大きくなっていた。食べごろである。早々に去勢はしてあるから、昔、母に頭突きをかました種羊のように硬く臭い肉になることはないが、それでも早いうちに肉にしてしまいたい。これが私の羊肉生産第一号になった。

近所から借りたトラックに羊を積み、自宅から車で二時間ちょっとかかる食肉加工場に連れていく。数日後、引き取った肉を、まずは最初の一頭だからということで家族みんなで食べた。それは間違いない。

実は、私はこの時の羊の味を、細かく覚えていない。

まずかった記憶がないので、『普通に』美味しかったのだろうと思う。ただ、私はその詳細や、その際に自分がどんな感慨を抱いたのか、覚えていない。正しくは、覚えておく気がなかったのだろうと思う。

羊飼いを志し、実際に飼育を始めた以上、自分はこれから何十何百何千という羊を肉にしていく。その最初の一頭を覚えておくことは、以後、その印象に縛られることになる。あの時の私は、今後肉として出荷する羊のために、『これが最初の一頭』ではなく、『数多のうちの一頭』とカウントして、詳細を忘却することにしたのだ。

だから私は、最初の一頭目の味を覚えていない。『私の羊は最初の一頭から最後の一頭までベストを尽くした肉だった』ことしか覚えていない。

それは私が畜産農家に生まれ育ったせいであったかもしれない。毎日家畜を育て、必要に応じて手放す。可愛がっていても、それはあくまで経済動物としてだ。ペットとしてではない。

そういう環境で育ったため、家畜一頭に特別な思い入れを持たないことが、家畜でメシを食うものとしてのある種の誠実さなのだと刻み込まれていた。

今思うと、私は自分で思っていた以上に、『畜産農家の子』だったのだろう。正しい正しくないではなく、純粋に事実として。

第三章

羊とゆかいな人間たち

恐るべし！　食いしん坊の人脈

さて、羊は順調に子を産んでいった。とうとう当初の目的である肉の販売を考えなければならない。

羊肉の出荷は、農家とレストラン・消費者の直接取引が行われる場合が多い（自治体が主導して羊飼育を始めた地域などは農協主体で流通させるところもある）。

私の場合は規模が小さく、一般消費者のニーズに応えられるような小パック精肉を加工できる施設を建てる目処が立たない。そこで、レストランと直接取引をして、精肉ではなく半丸枝肉（頭、四肢の先、内臓、皮を除いて一頭分を半分に割ったもの）ごとに、大きいまま購入してもらうことを考えた。国産羊肉を扱っているようなフレンチ、イタリアン、創作料理などのお店が考えられる。

しかし、道東の過疎地で引きこもって生活している私が、そんなお店にご縁なんてあるわけがない。そこで、大学時代を過ごした札幌の友人知人に『かくかくしかじかで羊肉の売り先探してるんだけど、知らないかい？』と聞いてみた。

類は友を呼ぶものである。そもそも『美味しい羊肉を生産したい（できれば自分でいっぱい食べたい）』という理由で羊飼いになった私の友人知人だ、美味しいものを食べるのが大好きな人ばかりなのである。彼ら彼女らは行きつけのお店に「これこれうまうまで羊肉の生産を始めた友人がいてね」と話をしてくれた。

そんないきさつで数店と連絡を取らせて頂き、肉を試しに送って気に入ってもらい、そこから取引をさせて頂くこととなった。

そうこうしているうちに、レストランには料理人の方同士でタテヨコナナメの繋がりがあるのか、他のお店から注文を頂いたり、またはシェフから他のお店を紹介して頂いたり、あれやこれやで販路が増えていった。本当にありがたいことだ。

「お客さんに出したくない」

色んな料理人の方とやり取りさせて頂くうち、羊肉にもお店や扱う人によって様々なニーズがあることが分かってきた。

例えば、立地がかなり良くて客単価も高い高級フレンチだと、お客には柔らかい子羊肉であるラム肉しか出せないこともある（格付けありきで発展してきたフレンチの土俵ならば致し方ないことだ。そういうお店でも、シェフが「自分は本当は匂いの強いマトンが好きなんだけどね」と言ってくれたりもする）。

また、内臓もできるだけ調理して出したいお店、出したいけれど内臓を処理する手間を考えると肉だけを扱いたいお店。肉も、ロースにサシが入るぐらいに脂たっぷりの肥育肉をローストで出したいシェフ、反対にしっかりした赤身とがっちりしたスジを肉ゴロゴロの煮込み料理で出したい店主、などなど……。千差万別なのである。

生産者としては、自分の羊肉の売りは最初にアピールし、要望に応えられるところは応え、うちに向かないオーダーであれば他の手法で飼育している羊飼いをご紹介するなどして対応した。

その代わり、うちの羊肉を気に入って使うようになってくれたシェフには、その期待を裏切らないよう、品質維持に努めた。

ある時、お得意先のシェフに「河﨑さんのとこの肉、お客さんに出すの勿体ないんですよねー（笑）」と言われたことがあった。他のところから「うちの個人的なクリスマス用に」と自家消費用のご注文を頂いたこともある。

お、おーい、なにを仰るのやら。生産したこっちとしてはたくさんの人に楽しんで頂きたいので、独り占めしないでお客さんにも出してくださいぃ～、という気分だが、同時に嬉しくもある。プロの料理人が半ば冗談として、『お客さんに（勿体なくて）出したくない』と言ってくれる羊肉。笑い話のようだが、個人的には最高の誉め言葉だ。

そうして、私は規模は小さいながらも、毎月羊を販売するようになった。ボランティアではなく、商売なので肉代はきちんと頂戴する。価格は、先輩羊飼いたちの出している価格から極端に高くても低くても良くないので、必要経費とバランスをとって無理のない単価を出した。小さいながらもきちんと商売が回っている、確かな感触があった。

『プロ』の定義はそれでメシが食えるか、が一つの基準だと聞いたことがある。その意味では、私は酪農従業員もしていたし、単純に羊肉の収入を考えると、羊だけでメシは食っていなかった。その意味では、私は『プロの』羊飼いとは言えなかったかもしれない。

しかし、プロの料理人の方に扱ってもらい、各々『プロ』として働いた人がお金を出して食べるに相応しいような、『プロの羊肉』を生産し、その対価を頂戴することは最低限度の矜持であった。その意味で、規模はともかく心は常に『プロの羊飼い』でいようと思った。それが、私の羊と、羊に関わってくれた人への礼儀だと思った。

ところで、いまだに私の中で解決していない不思議な縁がある。私が羊飼いになってからしばらくした頃、古くからの知人に「そういえば、子どもの頃『羊飼い』になりたいって言ってたもんねえ」と言われたのだ。

私にはまったく覚えがない。子どもの頃になりたかった職業は獣医さんだったし（学力の問題で後に挫折した）、大人に訊ねられた時、私はずっとそう答えてきたと記憶している。覚えがないぐらい小さい頃は責任がもてないが、逆に、そんな小さな子どもが大人から「大きくなったら何になりたい？」と尋ねられて、『ケーキ屋さん』『かんごふさん』（今だとユーチューバーとか言うのだろうか？）等の華々しい職業を押しのけて、けっして身近ではない『羊飼い』なんて職業を挙げたりするものだろうか？

もし記憶にないとはいえ幼い頃の私が『羊飼い』を志していたのだとしたら、私はそのことを思い出さないままで夢を実現してしまったということになる。

なんとも真実を確かめ得ない話なのだが、自分はもしかしたら幼少のうちから羊病にかかっていたのかもしれない。それが故に『羊飼い』に導かれたのだとしたら、なんだか妙にしっくりしてしまうような気がして、半分首を傾げつつ、半分は納得もしているのだ。

今も燻り続ける忘れられない怒り

商売として羊飼いを行っていた中、忘れられない出来事がある。少し自省もしつつ、記しておく。

羊飼いをしながら文章を書くようになり、しばらくした時のことだ。とある機会に、遠方で催されるイベント展示で拙著をご紹介頂く機会があった。私はありがたいことだと感謝し、許可を問われて了承した。その後、担当者から事後報告ですがと公の場に張り出された私のプロフィール内容が送られてきた。

そこには、定型に近いかたちで、出生年、出身、経歴、受賞歴。そして最後に『自らを羊飼いと称する。』と記してあった。

……つまり、私は、『自称羊飼い』と？

頭が真っ白になった。そして、腸《はらわた》が煮えくり返った。

実際それまで、『羊飼い』という職業を笑われたことは何度もあった。

「羊飼いって何、そんな職業、日本にあるの？」

そう言われるだけならまだ構わない。笑うその人は、羊を生産するという仕事の存在を知らないだけなのだから。

だが、私が人生を投じ、実際に商売している仕事を。生き物を育て、その肉を販売して、社会の隅であってもまがりなりにも経済活動をしていることを、『自称』扱い？　ふざけるのも大概にしてもらいたい。

私は羊飼いとして、そして、社会人として、何もかもを踏みにじられた気がした。今まで私が肉にした羊を、その肉を評価して調理した人を、美味しいと食べてくれた人を、『自称』というふざけたベールで包んで存在しないものとして扱われた気がした。

すぐに担当者に連絡し、一体誰が、どういう意図であの文章を書いたのか、誰がその表現を通したのかを問うた。先方からはすぐに釈明と謝罪の連絡がきた。外注ライターの、そのまた下で働いている人が書いた表現だという。

つまり、公開される前に複数の目を通過して、なおかつ誰もそれに疑問を持たなかったということか。いくら今回の趣旨が物書きとしての紹介だからといって、人の職業を貶める表現をよくも許したものだ。

ともかく始末はつけねばならない。こちらは非常に失礼だと感じていること、そして今後一切、そちらとの仕事はお断りすると申し上げた。丁重な表現を心掛けたが、絶対に許すことはない。先方にこの怒りが伝わったかどうかは分からないし、分かりたくもない。

その日の夕方、腹の底では怒りが燻《くすぶ》ったまま、私はいつものように羊にエサをやりにいった。怒りで目と手を曇らせてはいけない。動物は人間のイライラを察知する。私はなるべく平静を心掛けて給餌し、羊を観察した。羊たちは変わらず元気だった。

この羊は将来、大きくなって、私に出荷される。私のお金になる。それが私が選んだ羊飼いという仕事だ。それを『自称』だなんて、もう絶対誰にも言わせないと誓った。できることは、ただ昨日より少し羊をよく育て、頑張っていくことしかなかった。あの頃の私にはそれしかなかった。

正直、あの件に関しては今も許していない。(実はつい最近も、異なる団体から私のプロフィール表記で似たような『自称』扱いを受け、ふたたび抗議する羽目になった)。大人げなかっただろうかと時折反省を交えつつも、死ぬまで燃え続ける怒りだろうと思う。

肉と幻想とジンギスカン

北海道の春は遅い。暦のうえでは立春を過ぎ、全国ニュースでも暖かい地方では早咲きの桜が咲いたと報じられてもまだまだ寒く、雪の中だ。花見ははるか先の行事である。

北海道の花見といえば、欠かせないのはジンギスカン。むしろ『屋外で』『みんなで』『ジンギスカンをする』口実に花見を使っているふしもあるぐらいだ。

私が自分の羊を手に入れ、羊飼いを始めた二〇〇五年。ほぼ同時期に、津軽海峡を越えた遥かなる東京ではジンギスカンブームが始まっていた。

もちろん羊肉の需要はうなぎのぼり。ジンギスカン用の肉といえばNZかオーストラリアの輸入羊肉がほとんどだが、ブームとなれば当然国産の肉を使いたいという声も出てくる。そのため、羊飼いの先輩方は当時、ひっきりなしに鳴る問い合わせ電話のため大変なことになったそうだ。

どの羊飼いも頭数が足りず、結果、新米羊飼いの私が繁殖用の羊を購入したいと思ってもままならず、最初の二頭からコツコツと増やすしかなくなった。

羊飼いを志した学生の頃、若さ故の誇大妄想で「羊肉生産は二十一世紀の新ビジネスとしても有望なんじゃないだろうか！」と密かに思っていた私の先見の明（？）は想定外の形で当たったようなのだが、肝心の本人がそのムーヴメントに乗りきれなければまったく意味はないのである。

「そうだとも私の人生こんなんばっかりだよ！」と、ジンギスカンブームの雑誌を横目に見ながら北海道の東の端で黙々と羊を増やしにかかる日々だった。

私に直接の利益があったわけではないが、一連のジンギスカンブームは北海道圏以外の人にとっても羊肉を食べる文化を根付かせてくれた。ただし、国内の羊飼いにとって単純な追い風だったとは少し言い難い側面もある。

戦中戦後、軍服や自家用毛糸のために農家が羊を飼育していた時代はともかくとして、高度経済成長以降の羊飼いは『国産』『生（＝非冷凍）』『ラム（子羊）』であることをセールスポイントにして、フレンチやイタリアンで使われる高級食材としての羊肉を生産しているところが多い。

そのため、本来庶民的な料理であるジンギスカンと価格面で折り合いが付きづらいのだ。また、高級肉として肉自体の味の向上を目指してきた結果、味の強いタレで食べるジンギスカンとは少々相性が悪い。率直にいえば、『国産ラム肉をジンギスカンとして食べるのはちょっと勿体ない』のである。

「羊肉はクサい」が広まったワケ

もともと北海道のソウルフードとしてのジンギスカンは、昭和三十年代に輸入羊肉・羊毛の関税が自由化された後、各農家が持て余した羊を美味しく食べるために滝川畜産試験場の近藤知彦《こんどうともひこ》さんという方が工夫をこらしたレシピがベースとなっている（近藤さんとは研修などで何度かお会いしたことがあるが、穏やかな風貌で羊の枝肉をサクサク見事に解体されるさまは本当にお見事だった。羊飼い業界の神様のお一人である。他ルーツの説もある。ようは多くの人が試行錯誤したのだろう）。

当時の羊は主に羊毛のために飼われていたから、子羊をすぐに肉にして食べるなんて勿体ないことはしない。つまりラムではなくマトンがほとんどであり、肉の硬さと羊肉特有の風味が強い。そのため、『1．肉を柔らかくする』『2．肉の風味と相性の良い味付けをする』の二点をクリアするために作られたジンギスカンレシピは、国産生ラムジンギスカンにベストなチョイスであるとは言えなくなってしまうのだ。美味しくないわけではないが、やはり食べ比べるとマトンの方がよく合うと私は感じる。難しいところではある。

色々書いたが、ご自身が羊飼いであった近藤氏が編み出したレシピが普遍的かつ最強の味であることは間違いない。ラムであってもマトンであっても、私が作るジンギスカンは『近藤風ジンギスカン』だ。

羊を飼っていると、私の両親かそれより上の年代の人からよく「懐かしいねえ、うちでも昔羊を飼っていてねえ」といった話を聞くことがあった。関税自由化によって無用となった羊が大量に肉になり、日本から羊が激減した空白の時間の、さらに前を知る人たちの声である。平成の世になって、日本の畜産業界でけっして主流ではない羊肉が、こうして時代を繋ぐジンギスカンという料理で舌鼓を打ってもらえることが、私は密かに嬉しかった。

ところで羊の赤身肉に含まれるＬ－カルニチンには脂肪燃焼を促進する効果があるといわれ、ここから「羊の肉を食べると痩せる」という言説が巷《ちまた》を賑わせていたようだ。

科学的な効果や実証については私はよく分からないが、自分で調理して感じる限り、いくら赤身肉にそんな成分があるからといって、ジンギスカンは大抵、脂身のついた肉を一緒に入れてナンボである。赤身だけで脂っけのないカスカスなジンギスカンなど美味しくない。それに、たとえ肉に痩せ成分が豊富に含まれていても、ジンギスカンの味付けはビールにも白米にもよく合う。よって一緒にビールをグビグビ、白米をパクパク摂取したら相応のカロリーになるに決まっているし、かといってそれらを抜いたジンギスカンなど花をつけない薔《ば》薇《ら》のようなものだ。

よって、ジンギスカンを食す際にはぜひ、ビール・肉・白米と共に羊の脂とタレを吸った焼き野菜もたくさん食べ、おおらかに健康的にお楽しみ頂きたい。

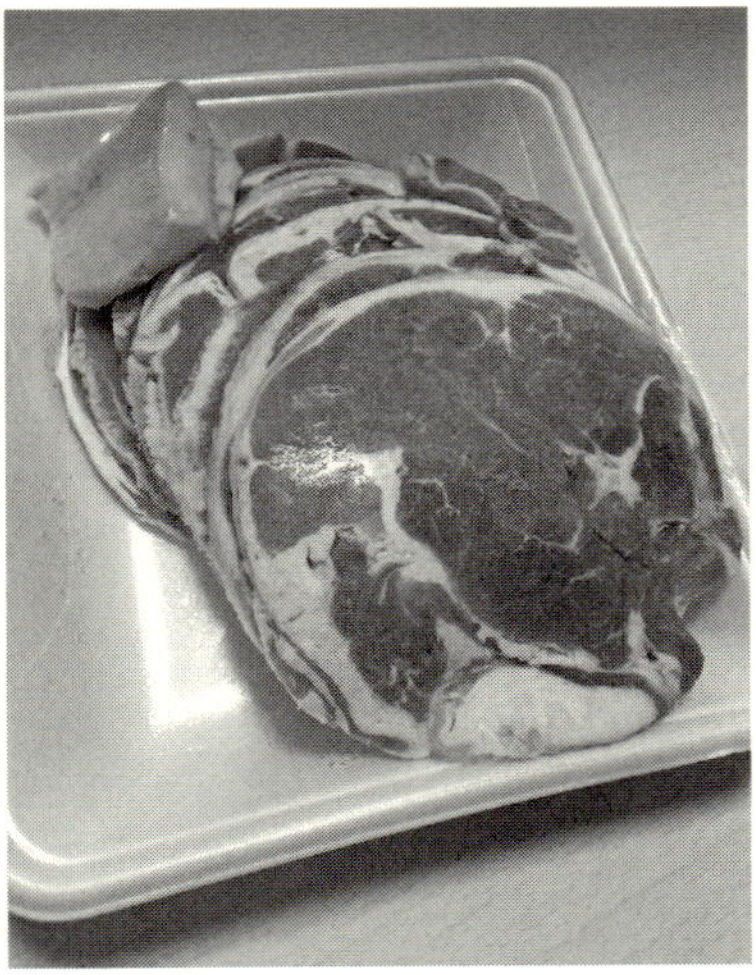

冷凍ロール肉。牛などに比べ各部位からとれる肉が小さくても丸めて合体させれば立派に

さて。現在では、かつて持て余されてしまった国産マトンはもうほぼお目にかかれず、郷土料理として定着したジンギスカン用羊肉はそのほとんどがＮＺとオーストラリア産である。

輸入され始めた頃は、かの地で毛を刈り終えた年寄りの羊肉が輸出されることが多く、品質は正直よろしくなかったらしい。その味をせめて向上させるために、端肉の筋肉繊維を揃えて食品用接着剤で固め、ハムのようにスライスした冷凍ロール肉が生み出されたそうだ。本当かどうかは知らないが、昔はあの中に駆除されて余ったカンガルー肉が混ぜられていたという話もある（まあカンガルーの肉も美味しいし、ジンギスカンの濃いタレにつけてしまえばさほど問題はないのだが）。

しかも、日本の消費地につくまでに解凍と冷凍を幾度も繰り返されるケースもあり、結果として『ジンギスカンはそこそこ美味しいけどクサい』というB級グルメ的な位置づけが固められてしまっていたように思える。はなはだ遺憾だ。

現在の輸入肉は、羊毛用の羊に肉用品種を掛け合わせて安価かつ安定的な肉質を有する品種が開発されたり、輸送も冷凍ではなくチルドで品質安定が図られるなど、品質がかなり上がっていると感じる。自分で羊を飼っていると、「輸入肉のジンギスカンなんて食べられないでしょ？」と人に言われることもあったが、まったくそんなことはない。品質や特徴に色々と違いはあるが、輸入も国産も私の大好きな羊肉である。もちろん輸入冷凍ロール肉のジンギスカンも、子どもの頃の味を懐かしく思い出しながら美味しく頂いている。

「廃用」の老羊をどう美味しく食すか

さて、二頭から始めて羊を増やしていくうち、三年も経つと最初の羊が高齢になってきた。もともと畜産試験場で繁殖が終わってからうちに来たのに、それからさらに数頭の子羊を産んでくれた。しかし、十歳にもなると体も衰え始め、来年の繁殖に耐えられるとは思えない。決断の時だった。役割を終了したとして、『廃用』にしなければならない。

家畜の世界で廃用とは、家畜として用を為さなくなり、処分する個体のことだ。乳牛ならもう乳を出せなくなった牛、肉用羊として飼っている私の羊であれば、出産できなくなった繁殖羊のことだ。

例えば、実家の乳牛の場合、六産七産とたくさん子牛を産み、高い泌乳量《ひつにゅうりょう》を誇った牛のことは大事に扱った。感謝もあった。でもいかに家畜として良い個体であっても、家畜であるうえは必ず廃用としていずれは安価な肉、あるいはドッグフードになる。役に立たなくなった牛を老衰で死ぬまで飼ってやることはない。子どもの頃から、そういう現場を見て、受け入れてきた。

だから、私は最初に導入した羊も、廃用として食べることにした。頑張って子羊を産んでくれたことに感謝はある。しかし、その子羊を育ててさらに増やしていく途上においては、この羊を寿命まで養うことに些末な感傷以上の意味はない。それよりは、美味しい肉として食べられるうちに食べる方が大事に思えた。

そうして、私はその老羊を食肉加工場に連れて行った。一部はマトンに興味を持ってくれたシェフへと出荷し、大半を自家消費用として持ち帰った。料理はやはり、ジンギスカンが相応しい。実習で学んだ近藤式レシピに、自分の家の好みを加えてみることにした。

骨付きの大きな塊肉から包丁で慎重に骨を外し、筋と脂身を避けながら、筋肉繊維に垂直になるよう切っていく。プロの肉屋さんにあるような立派なスライサーなどないから、包丁で一枚一枚手切りだ。ジンギスカン特有の冷凍ロール肉の薄さよりもかなり厚切りだが、いいことにする。

スライスした肉がバットに山盛り用意できたら、次は下漬け液だ。リンゴ、タマネギ、ショウガ、ニンニク、ミカンをとにかくすりおろす。この下漬けは野菜と果物の酵素によって肉のタンパク質を柔らかくするのが目的だから、リンゴやミカンはジュースではなく生のものを用意する。ジュースだと加熱されているので酵素が働かないのだ（甘みをつける、という意味ではいいのかもしれないが）。

すりおろしてドロドロしたものを清潔なガーゼで濾《こ》して、そこにスライスした肉を漬け込む。時間は二時間から半日はおいておきたいところだ。ちなみに、タマネギをすりおろす時やガーゼで濾す際、ビニール手袋等で手をガードすることをお勧めする。でないと掌に致命的なタマネギ臭が染みつき、美味しいジンギスカンと引き換えに三日間は憂鬱な日を過ごす羽目になる。経験者が言うのだから間違いない。あれは辛い。

肉を漬け込んでいる間に、漬けダレを用意する。醤油をベースに酒、砂糖、ごま油、少しのみりんを入れて鍋で煮立てておく。個人的には砂糖多めがいい。また、ごま油は絶対に入れた方がいい。

さて、下漬け液にしっかり漬け込んだら、肉をザルにとって水けを切る。この時、肉が漬かっていた下漬け液がおよそ食品から発生したとは思えないドス黒さを帯びているが、無視

ドーム状の鍋肌に肉汁が広がる。旨みがたっぷりしみこんだ野菜も、もう一つの主役だ

して潔く捨てる。勿体ないから何かに使えるだろうか、という貧乏心を発揮してはいけない。

煮たてて粗熱をとった漬けダレに肉と切っておいた野菜を入れ、軽く味をしみ込ませたらいよいよジンギスカン鍋でじゅうじゅうと焼いて、ジンギスカンの出来上がりだ。仕上がりは上々。肉は下漬けダレのお陰で適度な噛み応えを残しつつ柔らかく、強い風味と旨みが肉汁と共に迸《ほとばし》る。家族からも好評で、知人数軒にお裾分けをしてそれぞれ好評を頂いた。

食欲と経営の終わりなき戦い

そういうわけで、マトンを美味しく始末できる道のりができ、その後も廃用が出るたびにジンギスカンを行うようになった。だが、そのうち私の前に、小さな問題が立ちはだかった。

「ラムもいいけど、この間みたいな味がしっかりしてクセのあるマトンももっと買いたいですー。定期的に出ないの?」とか、「この間もらったジンギスカン美味しかったわあ。年末に息子が帰ってくるんで食べさせてやりたいんだけど、またやる予定ない?」という、シェフや知人からのリクエストが発生するようになったのである。

さらに、家族から「ジッンギッスカン! ジッンギッスカン!」と折に触れて沸き起こるジンギスカンコールにも悩まされた。父母よ、兄よ、兄嫁よ、甥姪よ、頼むから羊がいる放牧地を眺めながら「ジンギスカン食べたいなあ……」と呟くのはやめてほしい。

前述の通り、うちのマトンは繁殖不可能と判断した場合に出るものである。毎年計画的に生産するラムと比べて、あくまでイレギュラーな生産物だ。逆に言うと、マトンをホイホイと出荷するような状況は、繁殖羊が減って営農が危機、ということになる。

「すいません無理です。出る時は真っ先に教えますので勘弁してください……」

と、頭を抱えながら答えるしかない。そりゃ私だって本音を言えば月に一度はジンギスカンを食べたい。しかし生産者だからこそ、食べるのを我慢しなければいけない局面もある。

そんなわけで、食欲と戦いながらの私の羊飼い生活は続いていった。

体は資本、とはよく言うが、農業の現場は特に重要だ。機械化が進んでいるとはいえ、肉体労働によって成り立っている分野である。

そして、現場がブラックな雰囲気に包まれていることもままあるため、『お前が抜けると代わりがいない』『俺が若い頃は機械なんてなくてもっと働いた』という言葉により妙な強制力が働き、疲れた体をさらに酷使するという悪循環が発生するのだ。

毛刈りと職業病

農業現場で体力の消耗が激しいのはどこの国も同じで、私が実習に行っていたNZでも農業者の怪我予防や健康の維持管理には国によってかなりの注意が払われていた。農業関係者で、特に職業病が辛いと言われていたのが、毛刈り従事者である。

NZでは羊の毛刈りはプロの毛刈り職人『シェアラー』が行う。シーズンになると何人かでチームを組んでトラックで各農家を訪問し、一日に羊を一人二、三百頭もスルスル毛刈りしていくのだ。一頭にかかる時間は五分以内、早い人で二分ほど。逃げ惑う羊をひょいと捕まえては柔道の関節技のような要領で大人しくさせ、バリカンで見事に刈っていく。報酬は一頭あたり幾らで計算されるため、必然的にスピードと効率が磨き上げられていく。中には鼻歌を歌いながら刈っていくシェアラーもいる。達人技である。

もちろん羊毛は大事な商品だから、羊の肌ぎりぎりになるところを選んでカットをする、肌に傷をつけない、など、細かいところでプロの技が光る。素人が試しにやってみるなど許されない、職人の仕事なのだ。

彼らは一日中羊をホールドし、上体を曲げているため、見るからに腰が痛そうだ。昼食やお茶の休憩では、ストレッチをして腰を労わっている人も見かけた。後に、『シェアラー専用おすすめストレッチ』といったタイトルのDVDが存在することも知った。ニッチではあるが、NZで羊が飼育され続ける限り、堅い市場なのだろう。

そして、毛刈りには対となって『ハンドラー』といわれる助手がつく。こちらは、刈られた羊毛を手早くまとめ、短い毛や汚れた部分をササっと取り除いて分類するのが役割だ。こちらは腰を痛めつけるわけではないとはいえ、それなりに集中力と体力を要する仕事である。

私は、毛刈り時にはこの『ハンドラー』として作業をしてみないかと言われた。朝から晩までの立ち仕事だが、こんな機会はめったにない。喜んでやらせて頂いた。

死を招く羊毛の恐怖

毛刈りの前日、バギーを使って羊たちを毛刈り小屋の近くに集め、夜露に濡らさないようにして毛刈りに備える。あとは早めに眠って体力を温存しよう、という時、私は牧場主のドンと奥さんのジェニーに呼ばれた。

「毛刈りの前に、話があるんだ」

二人とも、やけに真面目な顔をしている。

「少し、言いにくいんだが」

私も思わず居ずまいを正した。まさか、やっぱり手伝わせられない、とか、毛刈りが終わったら面倒見切れないから出て行ってくれとか、そういう話だろうか。

「毛刈りの手伝いの前に、用意してもらいたいものがある。買い物用のビニール袋を、こう、五センチ角ぐらいに切って、二枚準備しなさい」

「はい。何に使うんですか？」

「ビニールを下着の内側に入れて、こう、乳首を保護するんだ」

「……はい？」

今、聞き間違いでなければ、乳首って言ったか？

思わず自分の耳と聞き取り能力を疑った。ドンは真剣な顔で続ける。

「あのな、毛刈り中は暑いためハンドラーは薄着になる。すると、刈った短い毛が針のように服の繊維の間から内側に入り込んでしまうことがあるんだ。女性の場合、乳頭の穴から血管を通って体内に入り込み、心臓や脳に達すると、最悪の場合は死に至ることもある」

「ホワッ⁉」

衝撃の内容だった。が、だんだん理解が追いついてくると納得がいった。あれだ、着物に

NZの代表的な羊種のロムニー種は顔も白いのが特徴。まさかこの毛が恐怖をもたらすとは

残っていた針が体の中に入り込み……という恐怖伝説と同じ理屈だ。そういえば美容師さんは短い髪の毛が刺さって手から血が出ることもあると聞いた覚えがある。とはいえ、まさか羊毛で死亡とは。

さすがＮＺ、いかにも羊の国らしい。

「だからビニールで覆って予防をする。プロのハンドラーの女性のために専用のカップも売られているんだよ。分かってもらえたかい？」

「分かりました完全に理解しましたええもちろんきちんとビニール用意しますとも」

私は慌てて言われた通りビニール片を用意し、毛刈りに備えた。

翌日、実際にハンドラーをやってみると、その大変さがよく分かった。手早く作業を続けるのはもちろん、毛刈り中のシェアラーの邪魔になってはいけない。しかも、刈りたてで洗っていない羊毛を抱えてあっちこっち運ぶため、全身汗だくになるうえ、毛の脂と泥まみれだ。

そして、忠告されたように短い羊の毛がチクチクと皮膚の表面を刺していく。かゆいというより痛い。NZで多く飼育されているこのロムニー種はカーペットの材料になるような太く硬い毛が特徴のため、なおさらだ。

私は仕事をしながらドンとジェニーのアドバイスに感謝した。もし知らないで最悪の事態に陥っていたら、どうなっていただろうか。きっと地元新聞にでかでかとした見出しつきで載ってしまう。

『日本人女性、羊毛が乳首に入り死亡』

そんな死に方はいやだ。

万が一、異国の地で志半ばで倒れるにせよ、せめてご先祖様に申し開きができる死に方をしたい。ビニールのことを教えてもらって本当に良かった。

お二人にしみじみと感謝しながら、羊にまつわる職業病の恐怖について思いを馳せたのだった。

余談だが、実は、羊の毛を得る手段は毛刈りだけではない。

どういうことかというと、『毛刈り』ならぬ『毛抜き』薬というものが開発されているのだ。これは羊に注射することによって毛根の細胞を一時的に壊し、羊毛がつるりといっぺんに剝けるという優れものだ。日本の醬油メーカーが開発したそうで、コストも安価、手間もかからず、羊に害はない。加えて羊毛を刃で切断しないため肌にチクチクしない良い製品になる、といったメリットばかりなのだが、残念ながら一般に広く浸透はしていないそうだ。

一説によると、オセアニアに数万人は存在するシェアラーの労働組織が猛反対しているからだという。なるほど、確かに言われてみればその通り。世の中便利なのも大事だが、シェアラーが毛を刈り、ハンドラーが集め、休憩の時には牧場のおかみさんが美味しいお茶とお菓子を用意してくれる。そんな伝統的な毛刈りシーズンの風景を実際に経験すると、効率だけで物事を動かしてはいけないよな、ということもよく分かるのだった。

毛刈りショーでのささやかな野望

NZでは毛刈りはシェアラーによる専門業務だが、日本ではそうはいかない。国内にもごく少数ながらプロの毛刈り職人は存在するし、毛刈りが得意な他の羊飼いに頼むという方法もあるが、多くの羊飼いは自分で自分の羊を刈る。私が帰国後に師事したSさんもDKY(＝Do KEGARI Yourself)の人だった。

私はNZでは教えてもらえなかった毛刈りをSさんから教わった。数々のダメ出しを食らいながらも、ようやく一人でスムーズに羊を捕まえ、転がし、抱え込み、刈り終えられるようになった。時間は一頭で十分はかかるし、ときどき刈りすぎて羊を流血させてしまうこともあったが（※軽傷です）、一通りは自分でやれる自信がついた。

Sさんは朗らかで話術も優れていることから、各地のイベントでも大人気だ。なかでも、軽快な羊トリビアを語りながらの毛刈りショーは人が絶えない。

実習中の私はその手伝いだ。バリカンを用意したり刈った毛をまとめたりとなかなか忙しい。そんな作業の中、私には一つやってみたいことがあった。

「Sさん、私、サクラやりますよ。毛刈りショーの途中でSさんが『さあ誰か刈ってみないかな？　よし、そこのキミ！　やってみようか！』って振ってくれたら、『ええ～、毛刈りなんて怖くてできないかもー。……あれっ？　やだ、ゼンゼン刈れるー！　毛刈りって怖くなーい！』ってな感じで、見事に演じ切ってみせます」

「却下」

にべもない。そんなわけで私の小さな野望はまだ叶っていないが、羊飼いを終了した現在でも毛刈りの技術は体が覚えているわけで、いつか観光牧場の毛刈りショーにこっそり潜り込む機会を虎視眈々と狙っている。

百キロを相手に「グキッ！」

さて、幸いにもその後自分の羊を得て、実家で育てていくことになった時も、毛刈りはやはり自分で行うことにした。

毛刈りは春先の仕事だ。実家の別海町では春が遅いことから、毛刈り後の羊が弱ってしまわないよう、十分に暖かくなった頃に行う。子羊たちが母親のそばを離れて勝手に遊ぶようになった時期が目安だ。

NZで飼われていたロムニー種の成メスはせいぜい体重五十キロといったところだが、日本で私が飼うことになった純血サフォーク種はかなり大きい。成メスで体重百キロオーバーはざらだ。一頭刈るだけで大仕事だが、まあ、うちは頭数少ないし、一人でなんとでもなるだろう。

そう思い、バリカンを用意する。これから何をされるかも知らず、呑気にボーっとしている羊を捕らえ、バリカンのある毛刈りスペースまで連れていく。重い。何せ私の体重の倍ぐらいはあるのだ。その嫌がる重量級のマダムたちを無理やりに引っ張り、転がし、押さえつけていく。ははは、重いけどNZのシェアラーみたいに百頭二百頭やるわけじゃないし、一日に二、三頭程度、なんてことないって！　よしやるぞ！　と、調子づいた私がすっかり楽勝ムードでいたその時。

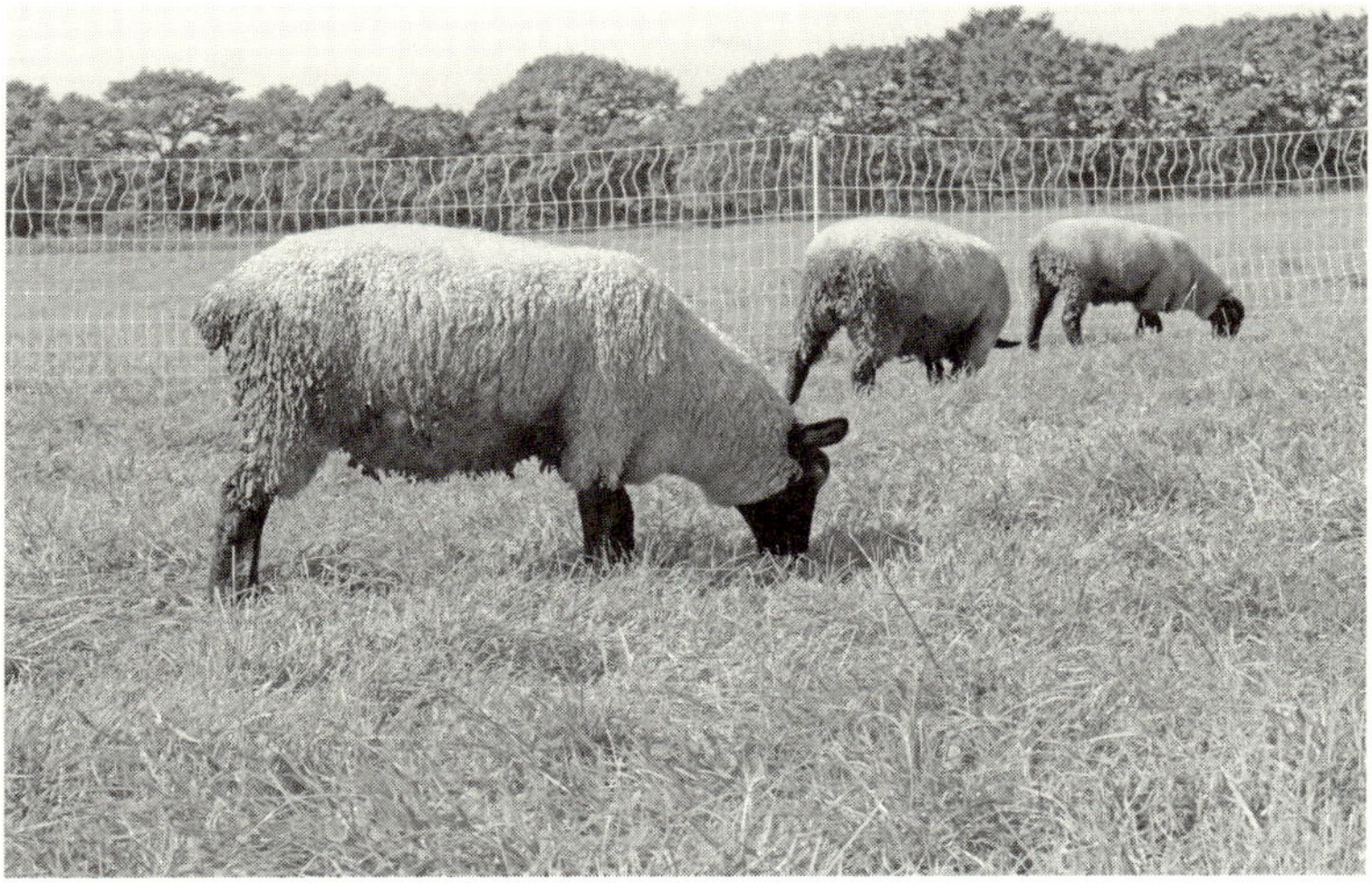

毛刈り前のサフォーク種。見るからにどっしりとしていて、大仕事になりそう

グキッと、嫌な音がした。

背骨ど真ん中ではなく、少しわき腹側に寄ったあたりに、鈍器で叩かれたような痛みが差した。

思わず『やばいギックリかもしれない』『ヘルニアとかだったらどうしよう』『仕事の人手は』『羊飼いの夢は』とネガティブな言葉が思いつく。

が、何よりもまず、羊を逃がしてはいけない。痛いことは痛いが、私の代わりにうちの羊たちを毛刈りする者はいない。逃げられたらまた捕まえ直しになる分、時間の無駄だ。私は必死の形相のまま、羊を押さえ続けた。悪いことに、人間側のただならぬ緊張を感じ取るのか、羊も『なにかがおかしい』とばかりに暴れだす。やめろ、やめてくれ、腰に響く、と

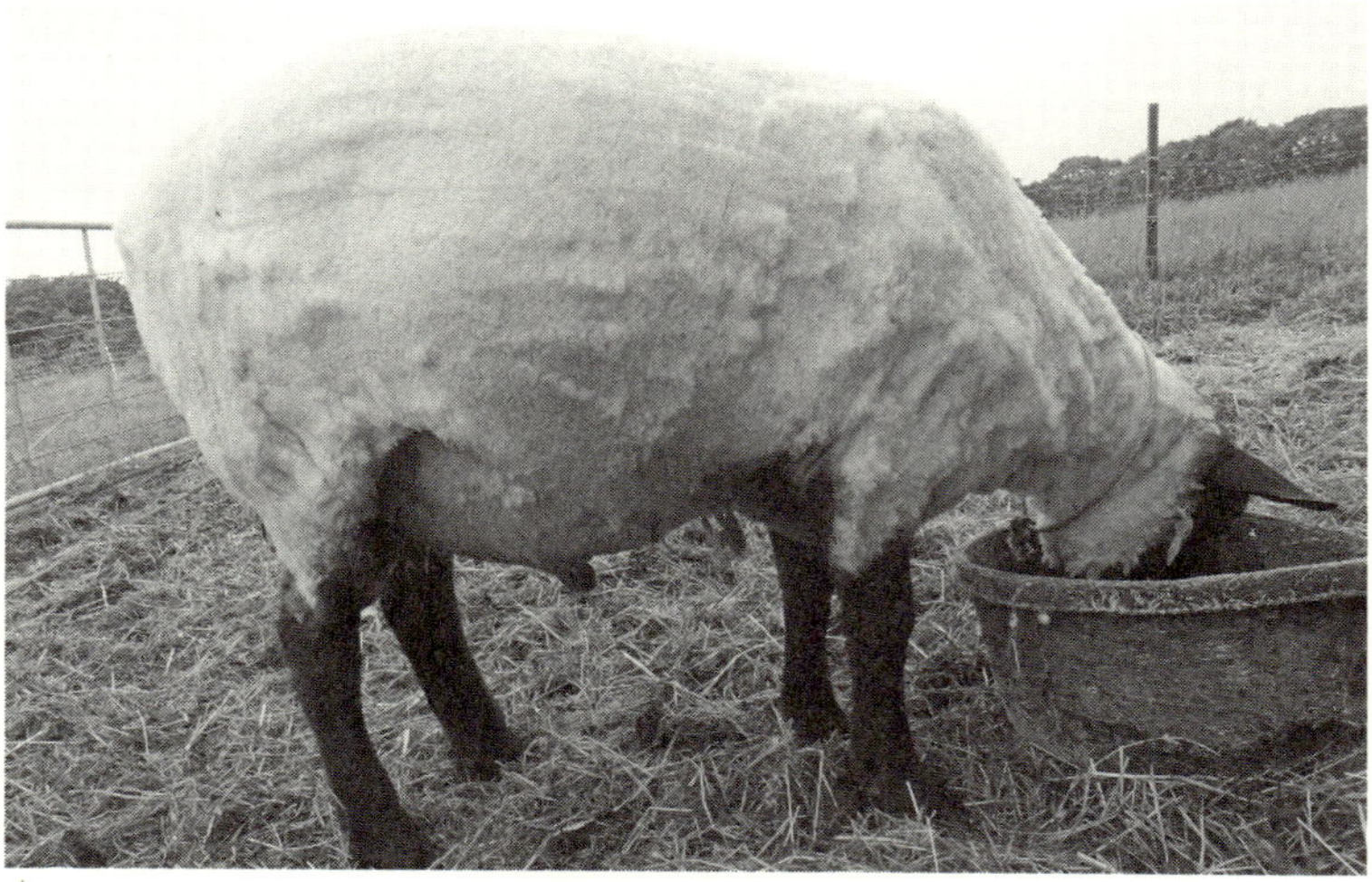
毛刈り後は一回り小さくなった。刈り跡もうっすら残る

言っても理解してもらえない。

とにかく根性で羊を抱え込んだまま、私は恐る恐る体の重心を変え、上半身を伸ばしてみた。

痛みは強くならない。どうやら関節は痛めていないらしい。しばらく中腰のまま で痛みが治まるのを待った。はたから見れば、羊小屋の片隅で苦悶の表情を浮かべる女が、これまた当惑した羊を抱えて静止している、の図だ。間抜けこのうえないが本人と一頭は必死である。結局、痛みが引いた後にそろそろと毛刈りを済ませることとなった。

幸いなことにこの時の痛みは、致命的なダメージとなるようなギックリではなかった。しかし、それまであまり腰痛を感じたことのなかった私は非常に焦った。

今はまだ家族と住んでいる身だからどこか痛めても病院に連れて行ってもらうこともできるが、そのうち独立して自分だけで羊飼いをやっていくことになったら、誰も助けてはくれない。腰痛という爆弾を抱えながら営農をしていかなければならないのだ。職業病。その仕事をしている限り、逃げられない病。私は、この仮ギックリの際、その恐ろしさに初めて心から震えあがったのだった。

それから、毛刈りや腰に負担のかかると思われる仕事の際は、予防的な意味で腰バンドを巻くようにした。重いしかさばるし動きにくいが、やはり効果があったのか、ギックリにはならないままで仕事を続けることができた。

やる気より才気よりまず体が資本。職業病は予防が第一。痛みを伴った教訓はいやというほど身に染みたのだった。

私は仕事が忙しかったので、刈った羊毛は欲しいという人にほぼ無償で差し上げた。プロが刈ったものではないため短い毛が混ざっていたりするし、なにより脂や汚れがどうしても入り込んでいるため、販売するほどのクオリティではなかったためだ。

引き取られた羊毛はそれぞれ、編み物に使われたり、布団屋さんにお願いして掛布団に生まれ変わったりしたそうだ。

ちなみに『ほぼ』無償と書いたのは、現金こそ頂戴していないが、お礼に菓子折りを頂戴したり、羊毛で編んだ座布団や靴下を頂戴したからだ。物々交換。商売ではないが、こういうのも羊飼いの楽しみといえるのかもしれない。

商売レベルの本格的な羊毛加工は施設や心構えがいるものだが、ここで趣味として手軽に行える羊毛ハンドメイドをご紹介したい。

まずはニードルフェルト。こちらは爆発的に流行し、今や百円均一のハンドメイドコーナーでも立派な専用ニードルやキットが販売されているぐらいなので、説明はいらないだろう。

もうひとつが、糸紡ぎだ。なにかグリム童話とかに出てきそうな大仰な糸車を想像しがちだが、実はそんなものがなくても『スピンドル』という道具を使って、誰でも羊毛から簡単に糸を紡ぐことができる。スピンドルは何千年も前から世界各地で使われている由緒正しい道具だ。通信販売で安価に購入できるし、なんなら割り箸を大きめの石に括りつける等で自作も可能である。

もう少し凝ると、石鹸水を使って大きめのフェルトを作り、帽子や小物作りに仕立てることもできる。原料となる羊毛も通信販売などで簡単に購入可能だし、小単位なら手芸店などでも売っている。羊毛以外に、絹や綿花で挑戦してみるのも楽しいかもしれない。最近はSNSで愛猫や愛犬の毛を使ったフェルト人形などを見かけることがあるが、実は海外には毛を採取するために品種改良された犬なんていうのもいるので、あながち驚くべきことでもないのかもしれない。何事もチャレンジだ（とはいえ、殺菌等、衛生面にはお気を付けて！）。

それに、基本に立ち返って編み物もいい。家で柔らかい毛糸を手に黙々と編み物をするというのも、見方によってはなかなか贅沢な時間だろう。使う羊毛の種類や編み方を変えれば春夏向けの軽いセーターなども作ることができる。肌寒い時にさっと使えるひざ掛けなんかも手軽で便利だ。

自分がほぼ肉専門で羊飼いをしていた身で恐縮だが、羊の魅力は幅広い。羊毛（または一匹分まるまるの原毛）を販売している羊飼いもいるので、興味のある方はぜひ調べて楽しんで頂きたい。

第四章　羊の病と戦い

勘違いと病気

頭数が順調に増えてくると、避けられない問題が発生し始めた。病気である。数頭だけならともかく、飼育頭数が二桁になると、いくら日ごろから気を付けていてもそれまでに発生しなかった病気に直面する確率は高くなる。遺伝性、伝染性の病気ならなおさらだ。

北海道の酪農家の多くは、共済組合という組織に加入し、普段から共済金を納める代わりに牛に何かがあった時には獣医師にかけつけてもらい、治療を委ねる。しかしその場合、契約上牛しか診てもらえない。このため、羊飼いの多くは自分である程度の診断と治療をできるようにしている。

私の場合、羊に何かがあった時は個人経営の獣医師にお願いしていたが、都合上そういかない場合は自分でなんとかするしかなかった。羊は牛と同じ反芻《はんすう》動物、偶蹄目で、ある程度体のつくりが近いこともあり、病気も共通するものが多い。しかし、それでも羊特有の困った病気はあるもので、私も相当に苦労したものだった。

NZでの一年間の実習中、私は休憩時間になると、現地の農業大学で入手した獣医学書をひたすら読んでいた。日本では知られていない症例や治療方法も載っている、私にとっては宝の書だ。

ただ、難儀だったのが専門用語だ。獣医学をきちんと学んだ経験がない、かつ英語をマスターしたわけでもない私にとっては、たとえ日本で耳にしたことのある病名であっても、英語ではまったく未知の病気に見えてきてしまうことがあるのだ。

「ん？　『Mastitis』？　なんだこれ。……分娩後に乳房が熱をもって腫れ、乳汁は固形化、体温も上昇し場合によっては死に至る。治療は抗生物質……ああ、『乳房炎』か、牛と同じか!!」と、いちいちこんな具合である。

そのうち、師匠のドンから「『Johne's Disease』には気をつけなきゃいけないぞ、伝染しやすいし、しつこいから。幸いこの辺では出てないけどな」という話を聞いた。

さっそく本で調べてみる。「『ジョンズディジーズ』……あった、『Johne's Disease』って書いてある。……直訳すると『ジョンさんの病気』？　ええと、抗酸菌の経口感染が原因で発生する腸炎で、潜伏期が長いのが特徴……と」

なるほど、どんな病気かは分かったが、日本語で思い当たる病気がない。日本にはない病気だろうか。名前からしてたぶん、ジョンさんが発見して命名したとか、ジョンさんちの羊が大量に死んだのが研究のきっかけとか、そんな由来の病気なんだろう。当時はそう結論付け、症例を目にすることがないままでいた。

観光客が「リスク」に

翌年帰国し、羊飼いたちが集まる研修会の時のことだ。私はふと思い出して、その本を先輩に見せた。

「あのすいません、ここの、『Johne's Disease』って病気、日本でもあるんでしょうかね？」

「ああそれ、ヨーネのことだよ、ヨーネ」

先輩はいともあっさりと答えて下さった。

ヨーネ。家畜伝染病予防法に指定されている『ヨーネ病』のことだった。羊の飼育教本にも必ず書いてある病名である。私も、牛と羊に共通して感染する病気だから北海道で羊を飼うのであれば気を付けなければ……、などと思っていた。

なるほど。『Johne』は日本では『ジョン』ではなく『ヨーネ』と読むべきだったらしい。何語か分からないけどなんかドイツ語っぽい。

そういえば、NZにいた時、いくら人に「ウイルス」と言っても通じず辞書で調べてみたら、英語では『virus』なのだと分かったのだ。そこでやっと日本語の「ウイルス」という発音はドイツ語からきたものだと知って赤っ恥をかいた覚えがあった。そうか医学用語って家畜でもドイツ語由来のものが多いんだねー。なーるほど、あはははは。

……って、分かるわけないだろばかー!!

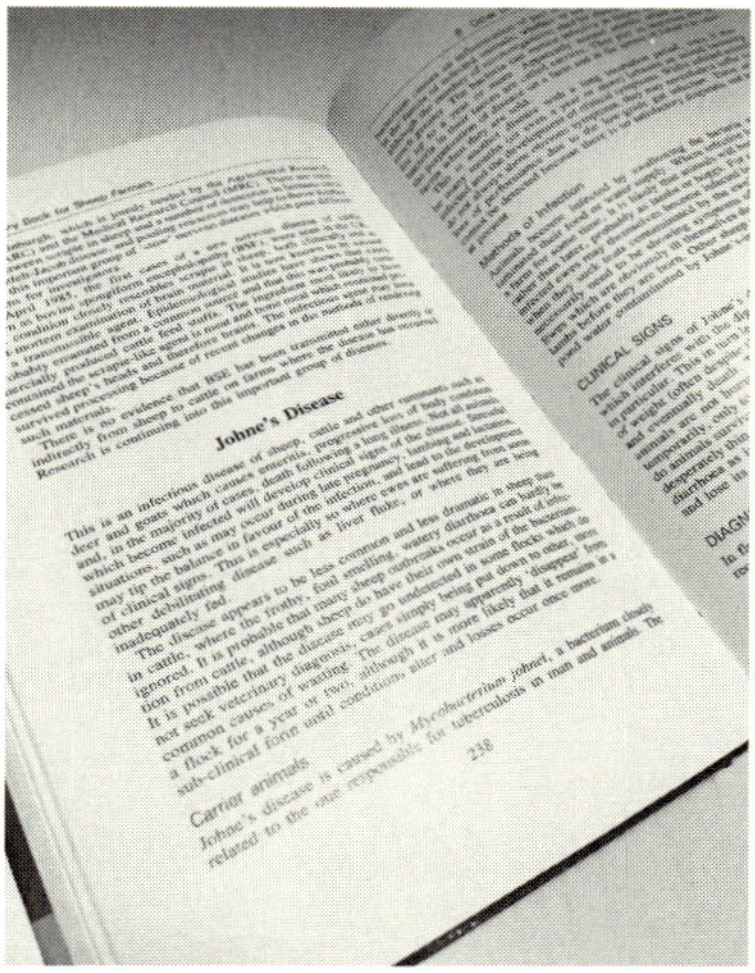

これが問題の「Johne's Disease」。全体は英語で書かれているのに「Johne's」だけドイツ語読みさせてくるとは！

と、私は密かに自分の独り相撲を自嘲した。そして私馬鹿だ、本当に馬鹿だ、と脱力した。

……それでもまあ、道内で羊のヨーネ病はしばらく発症例がないし、実家近隣の牧場でも聞いたことがないので、普通に羊を飼っている分には大丈夫だろう、ぐらいに思っていたのだ。この頃は。

だが、数年後、実家の隣町で牛のヨーネ病が大発生したという話が出て、私は震えあがる羽目になった。感染した家畜の乳や肉に問題があるわけではないので消費者に影響はない。しかし、感染した家畜は確実に衰弱死する上、乳牛だと泌乳量が激減する。おまけに感染力が強いため、患畜は見つけ次第、処分しなければならなくなる。大事に飼っている羊はもちろん、家業で飼っている乳牛百頭余りがもし感染したら大惨事、一家離散の危機にもなりかねない。

また、ヨーネ以外でも気を付けねばならない感染症が国内で発生していた。ウイルスによって感染する『口蹄疫』である。宮崎県では、三十万頭近くの家畜が処分された。それが北海道でももし発生・拡散したら、と思うと気が気ではない。実家や他の農家でも、畜舎の入り口に長靴専用の洗浄槽を設置し、公道と畜舎を繋ぐ取り付け道路には殺菌用の石灰を撒く等の処置を行った。絶対に完全に感染リスクをゼロにできるわけではないが、備えられることは全てやっておかなければならない。

しかし、『地域みんなでそうやって気を付けていれば完璧！』……かというと、落とし穴は確実に存在する。農業関係者以外の方、もっと言えば、観光客である。

私は旅行先であまり写真を撮る習慣がないのでよく分からないが、世の中にはスマホやデジカメで写真を撮ってSNSでアップすることを主目的に旅行をする人もいると聞く。別にそれはいいのだ。楽しみ方は人それぞれ。どんな理由で北海道に来ても、写真を撮って楽しみ、美味しいものを食べて楽しみ、ついでにお金を落としていって下さればお互いwin-winである。

だが、ひとつ平身低頭してでもお願いしたいのが、たとえ珍しい動物や奇麗な景色があったとしても、それを撮るために農家の敷地に入ることは控えて頂きたいのだ。靴の底についいた泥などから感染症がもたらされたらとんでもないことになる。
おまけにたちの悪いことに、そういう写真撮影が大好きな人たちほど幾つもの農地に立ち入って撮影される傾向にあるようで、結果として感染症が広まるリスクが高くなってしまう。ちなみにこれは家畜伝染病に怯える畜産農家だけの意見ではない。動物のいない畑作農家、稲作農家でも同じことだ。土壌中の感染症や野菜につく寄生虫など、リスクと懸念は変わりがない。

美しい景色を楽しんで頂くことに異はないのだが、その景色を美しいままで維持したいと思われるなら、どうかルールはお守り頂きたい。もしどうしても農地に立ち入りたいというのであれば、土地の持ち主にせめて一言相談してくれれば、あるいは長靴や靴カバーを貸したりといった、協力できることもあるかもしれない。私は北海道の農家の出だが、たぶん他地域の農家でも事情は同じだろう。農家が安全で安心な食材を生産し続けられるように、小さいが切なるお願いだ（私も実家以外の地域に出かけた時は気を付けます）。

ややこしくて怖い狂牛病と羊の関係

さて、病気というと菌やウイルスを想定しがちだが、それ以外でも農家を悩ませる家畜の病気は色々とある。

『スクレイピー』という羊の病気をご存じだろうか。あまり知られていない病名だと思う。しかし、『狂牛病』という名ならばほとんどの日本人は聞いたことがあるのではないだろうか。

『狂牛病』、現在は『ＢＳＥ（牛海綿状脳症）』と呼ばれる、牛の脳の病気である。スクレイピーはその羊版、と思ってもらえれば分かりやすい。いずれも進行すると脳がスカスカのスポンジ状になって死に至る病気で、原因は細菌でもウイルスでもなく、プリオンという異常タンパク質だ。これが体内に蓄積することによって神経細胞が冒され、発症する。

歴史的には、スクレイピーの方はＢＳＥよりも早く、十八世紀から存在していた。伝染性で、農家にとって厄介な病気であることは確かだが、この時点のスクレイピーは発症した羊の組織（脳含む）を人間が食べても問題はないと考えられていた。発症例も記録がない。

問題は、その後イギリスで発生したＢＳＥの方だった。発症した牛の組織を食べた人間が、クロイツフェルト・ヤコブ病（伝達性海綿状脳症）を発症したのだ。人々の反応は大きく、情報は錯綜した。もともと牛にＢＳＥが拡散されたのは、スクレイピーに感染した羊の死体を肉骨粉にして飼料とし、それを牛に食べさせたせいで羊スクレイピーの異常プリオンが変異して牛の体内に定着したのでは、と言われている（否定している説もある）。

そして、スクレイピーの羊を食べても人間が伝達性海綿状脳症になることはないと言われていたが、ＢＳＥの異常プリオンのうち、幾つかの型は牛から羊に伝染し得るため、その異常プリオンによってスクレイピーを発症した羊を食べると人間も伝達性海綿状脳症を発症し得るのだそうだ。とにかくややこしい。そして恐ろしい。だが、症例が多かったこともあり、研究はかなり進んだようだ。発症歴のある各国とも、それぞれで対策を講じて現在は鎮静化している。

安全な羊肉を生む流通システム

日本でも何度かのBSE、スクレイピー発生を経て、生産現場でのスクレイピー対策はかなり浸透したといえる。以下、羊のスクレイピー対策についてお伝えし安心して頂こう。

まず、スクレイピーに抵抗のある遺伝子型が発見され、現在、公的機関から払い下げられる繁殖用の羊は耐性遺伝子を持つ個体が選抜されることになっている。つまり、これらの羊の子孫はスクレイピーに耐性を持っている。

当然、スクレイピー耐性のある種羊を代々使って交配させてきたうちの羊も、スクレイピーにかかる心配はなかった。「うちの羊はスクレイピー耐性があるから大丈夫ですよ」と言えることは、肉を売る側にとって本当に心強いものだった。生産現場で耐性遺伝子持ちの繁殖が浸透していけば、数代も経れば日本の羊は全てスクレイピーに耐性を持つことになる。こういう時は日本の飼育頭数が少なくて良かった、といえるのかもしれない。

そして、肉の出荷時には、全ての食肉加工場で獣医師による検査が行われている。それに加え、異常プリオンが蓄積しやすい特定危険部位は流通させない、などの仕組みがきちんと設定されているため、スクレイピーの羊の肉が一般消費者の口に入ることはない。なので、安心して国産羊肉を心ゆくまでご賞味頂きたい。

輸入肉については、BSE、スクレイピーの感染国の牛肉・羊肉は禁輸措置が取られるが、何年間か新規の患畜が出ない、などの観察期間を経て、清浄国と認定されれば、晴れて輸出解禁となる仕組みだ。だからこちらも、現在正規でお店に置かれている肉であれば、心配せずに食べていいことになる。

極小産業である羊でこの慎重な扱いなのだから、牛肉の流通は言わずもがな。牛も羊も国産・外国産問わず、安心してたっぷり消費して頂きたい。

さて、スクレイピー対策として流通禁止になった部位には、脊髄、腸、成羊の脳、などがある。脊髄はともかく、腸は腸で料理や腸詰の原料に使える部位なので残念なことである。一般的には脳も別にもともと食べやしないだろう、と思う方が多いかもしれないのだが、実は、脳を食べたいという人は一定数いるのだ。中東では一般的な食材らしいし、肉を卸しているシェフに聞くと、イタリアで武者修行していた時に賄いで食べたと言っていた。

そこで、自分の羊を育て始めて数年後、私も自分の育てた羊の脳を食べてみることにした。成羊は禁止されたが、子羊のうちは異常プリオンが脳に蓄積されないので、奥歯の臼歯が生え変わる前の子羊であれば、食べてもいいことになっている。レッツチャレンジ、である。

自家消費用解体事情

ＮＺの農場で住み込みで勉強していた頃のことだ。牛肉や羊肉を生産している農家でも、普段食べる肉はスーパーマーケットでパックになった肉を購入していた。

ただ、クリスマス前など特別な時には、多くの農家がご馳走用に羊を手間と時間をかけてと畜して解体していた（ＮＺでは自家消費用は自己責任でと畜・解体してもいいことになっていた。日本では×）。

お世話になっていたサージェント家でも、自家用にわざわざ雑種の子羊を数頭育てている（雑種にした方が肉の味がいいそうだ）。そしてクリスマス近いある日、敷地の隅にある解体小屋でと畜・解体をすることになった。もちろん私も喜んでお手伝いした。

と畜、放血、皮むき、内臓の処分など、覚悟はしていたがかなりの力と集中力が必要とされる。ボスであるドンはさすがベテラン羊飼い、惚れ惚れするような見事な手際だ。

私も邪魔にならないよう気を付けつつ、少しでも技術を盗もうとじっと手順を見つめていた。

「よし、これで内臓全部出した、と。このバケツに入れた内臓、後で廃棄場に捨てといてくれ」

「全部、ですか？」

「うん、全部」

示されたバケツの中の内臓は、まだほかほかと湯気を立てている。真っ白な四つの胃、新鮮なピンク色をした心臓。ぷりぷりの肝臓なんかは、薄切りにして塩とごま油をつけて食べたらいかにも美味しそうだ（寄生虫や肝炎が怖いからやらないけど）。加熱するとしたら、スープで煮て裏ごしして、香草たっぷりのレバーペーストに仕上げたら日持ちもする。

「……レバー、食べないんですか？　他の内臓とかも」

「うーん、好きな人もいるけど、うちはちょっと」

「そうですか……」

残念だが仕方がない。人様の台所で食べ慣れない食材を勝手に料理させてもらうわけにもいかないだろう。残念ながら諦めざるを得なかった。

その日は皮と内臓と頭を除き、枝肉の状態で吊るすまでで作業は終わった。枝肉はこうして涼しくて虫の入らない解体小屋内で数日放置しておくと味が増すという。

そして数日後。ようやく枝肉を精肉にする作業に取り掛かった。モモ、前足、胴体、などを大まかにナイフで分け、あとは電気ノコギリで骨ごと調理しやすいサイズ（それでもオーブン一台を占領する大きさだが）に切り分けていく。

他に、端っこの部分が荒っぽくより分けられて、作業机の端に積み上げられていた。骨付きのクビやスネの部分だ。硬いけれど、よく煮込むといい味が出るうえ肉もホロホロになる。根菜と煮込んだスープにすれば最高だ。

「これ、牧羊犬のエサにするやつだから、後で冷凍庫に入れておいてくれ」

「えっ、このクビとかスネは、料理には使わないんですか？」

「うーん、下ごしらえが面倒だしなあ」

確かに、忙しい農場生活で、いくら美味しくても手のかかりすぎる料理は禁物だ。勿体ないと思いつつ、私はドンに言われた通り、骨つき肉を泣く泣く犬エサ用冷凍庫にしまった。

脳みそフリット初体験の味は

さらに数日後のクリスマス、穏やかなディナーの中心にはあの日電気ノコギリで切り出した骨付きモモ肉のローストが据えられていた。それは非常に美味しいローストだったのだけれど、私としてはあの内臓やスネ類も美味しく食べたかったなあ、と少し未練がましく思うのだった。

そんなわけで、羊の国とされるＮＺの人は内臓、いわゆるモツはほとんど食べないらしかった。もとはハギス（羊の胃袋に内臓を詰め込んで蒸したクセの強い料理）を食べるスコットランド系の子孫たちもいるのに、と思ったのだが、どうやら他に食べられる美味しい肉があるなら、特に内臓を食べようとは思わない、というのが本当のところらしい。

現地のスーパーに行っても、ほとんど内臓は売っていなかった。それどころか、スジ肉やスネ肉もほとんど売り場では見られない。料理しやすいようにカットされた食べやすい精肉ばかりだ。

一方、人間用ではなく犬用として売られている肉にはスネやスジのある塊肉が袋にゴロゴロと詰め込まれている。勿体ない……とつい思ってしまう自分は、NZの人からはさぞかし浅ましく見られてしまうことだろう。遺憾である。反論はできないが。

そんなNZの精肉以外の消費事情があるため、私が「こっちに来る前、日本で羊の脳みそを食べたことがある」とサージェント家の面々に言ったら、かなり妙な顔をされた。羊の国で羊を飼っている人にこんな反応をされてしまったのだから、納得のいかない話ではある。

蛇足だが、同様にサージェント家において、食文化や日本人のライフスタイルについて説明を添えたうえで「クジラとイルカと、あと馬の生肉を食べたことがある」とカミングアウトしたら、かなり驚かれてしまった。特に馬刺しについては理解しがたかったようだ。あなた方だって食パンに謎の黒いペースト（「ベジマイト」のこと。妙な発酵臭がする。慣れても別段うまいものではない）を塗って嬉々として食うでしょうが！　と言いたかったが我慢しておいた。食文化の相互理解というやつは難しく、また根深い。

さて、サージェント家の面々には驚かれてしまったが、羊の脳を初めて私が食べたのは、羊料理で有名な道内のレストランでのことだった。羊飼いの先輩が本を出版された際、仲間内の食事会に交ぜて頂いた時だと記憶している。

ご馳走になった時に使われていた羊は、もちろんその先輩羊飼いさんが飼っていた羊だ。どれも素晴らしく美味しかった。

数々の料理の中に、内臓、いわゆるホルモンの料理や脳みそを使った料理もあった。胃のトマト煮、心臓のソテー、そして脳みそのフリット。

脳みそのフリットは、よく幕ノ内弁当に入っている『たぶんイカなんだろうけど妙に身が柔らかいイカフライ』の見た目をしていた。脳みそだとはとても見えない。

（『バタリアン』って映画あったよな……）

そう思ったけれど口には出さなかった。私とて最低限の分別は心得ているつもりだ。心理的に大きな抵抗はないので実際に食べてみる。サクっとした衣の中に、何かフワフワトロトロとしたものが入っている。ソース以外の味は特に感じないが、トータルの食感でいえば美味しい、と思えた。

頭骨の解体は猟奇映画の如し

実際に自分の羊を飼って、出荷を始めてしばらくした時のこと。それまで日々の作業や仕事でバタバタとしていたが、少し気持ちに余裕が出てきた。そんな折、姉が知人のシェフを連れてくるので、私が育てた子羊を料理してもらってみんなで食べてみよう、という話になった。

そのシェフはフランス料理のベテランということなので、羊で使える部位はなんでも使ってみようという話になった。内臓も、前述した通り、スクレイピー予防の観点から使えない部位はあるが、胃、肝臓、心臓、肺を使うということなので用意した。

そして、頭も用意してほしいということだった。

頭。つまり、頭骨と、そこに付随して目玉、タン、頬肉、そして脳である。食肉加工場に事前に頼んでおけば、切り落とした頭部から表面の皮を剝いで保存しておいてくれる（加工場による）。

そして当日。プロの手によって調理された羊料理はどれも素晴らしく、自分の育てた羊を何倍にも美味しく料理して下さるシェフに頭が下がる思いだった。特に肺を使ったスープというのが忘れがたい。フワフワと独特の嚙み心地をした肺が、何らの臭みも残さず滋味深いスープと調和していた。脳と同じく、あまり馴染みのない食材だが、調理の仕方によってはこんなに面白い食材になるのかと感動した。

大満足の食事会だったが、シェフは用意した脳みそ入りの頭骨まで手を出す時間がなかったそうだ。このまま捨てるのも勿体ない、というわけで、私は自分で料理をすることにした。

まずは、頭骨から脳みそを取り出さねばどうしようもない。以前先輩羊飼いから聞いた手順を思い出し、出刃包丁を手に頭骨に向かう。

包丁の柄に近い角を使って、頭骨の脳天周りにガツガツと刃を打ち込む。幸い、子羊なので骨は薄く、それほど硬くもない。しばらく作業をしていると、蓋のようにパカリと頭頂部の骨が外れた。中では真っ白で小さな、しかし『ザ・脳みそ』としか言いようのない脳が鎮座ましましている。

（『インディ・ジョーンズ』二作目でこんな場面が確か……）

いやあれは羊じゃなくて猿だ。落ち着け私。自分にそう言い聞かせて、私は作業を続けた。

かつて先輩にアドバイスを受けたように、脊髄が通る首の穴から指を突っ込むと、ポコンと脳が浮く。あとは脳と脊髄の境目を切り離して終了だ。

私の手の中に小さく真っ白な脳みそが転がっていた。鮮度が命だ。シェフの助言を思い出して、生タイムの枝を入れた熱湯で下茹でしてから、バターでソテーをする。いい発酵バターがあるのでそれを使うことにした。

下茹でした脳を軽くスライスし、バターを熱したフライパンに並べていく。香ばしい匂いが立ち上った。

（レクター博士のアレ……いやもうやめよう）

羊飼いは沈黙した方がいい時もある。たぶん。

さて、焼き上がったソテーを皿に並べて出来上がりだ。見た目はタラの白子をソテーしたものと変わりがない。しかし、私以外の家族は「やだ」「食べない」「やめとく」とみな否定的だった。もともと内臓料理全般が苦手な家族なので、ましてや脳みそなんて食べたくない、ということなのだろう。無理強いはいけないので、私一人で食べることにする。

実食。味はもちろん、以前食べたフリットと同じく大きな特徴はなく、ふわふわとした口当たりと、儚い歯ごたえですぐに溶けてなくなっていく。どちらかというとバターの風味を楽しむための料理だという気がした。

特別に美味しいものではない、が、不味いものでもない。生き物に対して、可食部位はできるだけ消費して生き物に感謝しよう、という趣旨であればそれを全うするに難はない味だ。だが、私は、口の中にある脳みそを何となく飲み込みづらい感覚に襲われていた。

理屈ではない「いずい」思い

前提として、私は別に内臓や脳みそを食材として苦手に思っているわけではない。そして、自分の育てた羊を食べることに抵抗はまったくない。だがこの時、私は自分が育てた羊の脳みそを食べて、何かの壁を感じた。

ソテーされたこの脳みそは、生きている間は飼い主である私を認識し、記憶していた器官なのだ。その物質を、食べる。考えすぎだとは分かっているし、まったく意味のない感情だ。しかし、体や心ではない、ましてやアレルギー反応的なものでもなく、なぜか、体の中に入れたくない、と私は感じた。

今さら気色悪いとか、羊に申し訳ないとか、そういった感覚ではないのだが、しいて言えば、『居心地が悪かった』。そう、ぼんやりとした言い方になるが『受け入れるのに抵抗があった』。いやそれも正確な表現ではない。

そうだ、『いずい』だ。『いずい』とは、北海道弁で『塩梅《あんばい》が悪い』とか『しっくりこない』という意味だ（例「この座布団、綿が薄くなっていずいわ～」）。

『自分が育てた羊の脳を食べることは、私にとって非常にいずい』としか言いようがない。

結局、余らせてしまってはそれこそ勿体ないので、最終的には脳みそのソテーは全部自分で食べた。『いずい』思いはあったが、これらを捨ててしまう気にはなれなかったので、ちゃんと全て飲み込んだ。食べ終わった後も、何となく、お腹のあたりが『いずい』感じがした。

それから、私は自分が育てた羊の脳を食べることはなかった。店から注文があったり、食べてみたいという知人がいれば用意はしたが、自ら再び食べたいという気持ちは起こらないままだった。

羊飼いをやめた現在、おそらく、どこかの料理店などで羊の脳みそを使った料理を出されれば、抵抗なく食べることはできるだろう。しかしやはり、あの時あの脳みそを飲み込みづらかった理由を『いずい』以外の言葉で表現できる気がしない。謎は今もって謎のままである。

第五章

羊飼い兼作家志望兼ケアラー

虫垂炎発症

実家で酪農従業員をしながら羊飼いを営んでいくなか、一番の難敵は自分の不調だった。先輩羊飼いから教えてもらった『健康な羊は健康な羊飼いから』というのは至言である。自分の健康管理がきちんとできない人間が、家畜の万全な健康管理などできるはずがない。それに実際、無理をして管理をしていれば怪我や異変の見落としにも繋がるのだ。どんな仕事でも健康第一、体が資本ではあるが、農家は特に、自分の健康管理が求められる職業だと思う。

反面、どんなに気を付けていても、病気になる時はなってしまうものだ。私は二十八歳の時、虫垂炎を発症した。

まず、四十度近い熱が出た。肉体労働のお陰か基礎体力はある方で、おまけに休みがない仕事柄、よそから風邪をうつされることもなかったため、いきなり高熱が出ても原因が何なのかまったく思いつかなかった。特に腹の特定の部分が痛い、ということもなく、ただ熱と食欲不振が数日間続いた。さすがに起き上がって農作業ができる状況ではなく、羊の世話も含めて仕事は家族に任せきりになってしまった。

病院に行っても「風邪じゃないかな」と言われ、処方された薬を大人しく飲んだが一向に熱が下がらない。日を追うごとにさらに具合は悪くなり、なんだか腹部全体がもやもやとしてきた。この段になって、「もしかしてそれって盲腸じゃない？」と母が言い出し、二度目の受診でめでたく（？）虫垂炎と判明した。

町立病院で受診し判明した後、そのまま即入院の運びになった。そして、「先生も空いてるから明日の朝すぐ腹腔鏡手術しますよー」と説明を受けたのだった（今思い返すと、最初の受診の時に虫垂炎だと診断してもらえてたら薬でちらすだけで済んだのでは……？　とも思うのだが、まあ素人が今から言っても仕方がない）。私は高熱で朦朧《もうろう》としながら説明を受け、腹腔鏡手術、ああつまり『ラパ』ね、と納得していた。

『ラパ』とは何か。話は私が虫垂炎で悶え苦しむ数年前、緬羊の人工授精講習会を受けた時までさかのぼる。

その研修は十勝の家畜改良センターに二週間近くカンヅメになり、ひたすら羊の繁殖技術に関する座学と実習を繰り返すという、羊好きにとっては夢のような体験だった。

最終日に受けた試験の結果、私は無事に緬羊人工授精師の資格をとることができた。

その際、講師の教授が普通の人工授精師では行えない腹腔鏡を用いた人工授精のデモンストレーションを行って下さったのだ（動物にメスを入れるといった作業は獣医師資格がないとできないため、普通の人工授精師は腹腔鏡人工授精を行えない）。その腹腔鏡を用いた手術の通称が『ラパ』なのだ。

腹腔鏡を使った人工授精はとても興味深いものだった。羊に麻酔をかけ、腹にごく小さな穴をあけて腹腔内を炭酸ガスで膨らませ、腹腔鏡を使って人工授精を行う。術後も腹に小さな痕が残るだけでダメージも小さくて済む。素晴らしい技術だと感心したものだった。

……で、その腹腔鏡を用いて、私も虫垂炎の手術を受けることになったわけだ。

手術台に乗ると、傍らには見覚えのある腹腔鏡一式と炭酸ガスのボンベが見える。ああそうね、これを腹の中に入れて膨らませて、患部を見やすくするんですよね。で、この棒状のカメラとメスつきの棒も入れて手術するんですよね。ええ分かります、羊のやつ見てたんで……。

見覚えのある機器のお陰（？）で恐怖感こそなかったが『まさか羊で見た腹腔鏡手術を、自分が受けることになるとは思わなかったわー……』と思ったところで私の意識は途切れた。

術後の第一声は「内臓が見たい」

術後、目が覚めても私の意識は朦朧としていた。数日間、慣れない高熱を出したせいで体力も極限まで落ちていたのだろうと思う。担当医師が診察しに来たことはかろうじて覚えている。

「手術は無事に終わりましたよ。摘出した患部はご両親に見せてきちんと説明しましたから」

医師にそう言われた時、私は何を思ったのか「ずるい、私も見る」とのたまったことを覚えている。その後、念願（？）叶ってシャーレに入った赤黒い塊を見せてもらった時点で私の記憶はぷつりと途切れているのだ。朦朧とした状態で、どうして私は摘出した自分の内臓の一部を見たがったのか。当時の自分の心の動きをまったく覚えていないので憶測だが、羊飼いの勉強をする上で、現場や臨床のありとあらゆることは見学しておきたい、という意欲が妙な、というより奇妙な方向に働いたのではないかと思う。

いくら勉強熱心にしても自分の内臓を見たいというのはやりすぎだ自分。それに、医師に対して「ずるい」とか、なんだその言い方は……と、過去の自分にツッコみたい気持ちになる一件だった。

さて、術後時間が経ち、点滴や尿道カテーテルが抜け、ようやく自分で立って歩けるようになった。その頃ようやく、私は腹に激痛が走ることに気が付いた。腹腔鏡手術で開けた穴の痕である。ごく小さい穴なのに、少しでも腹筋が動くと引きつるように痛む。笑ったり、くしゃみをした時が特に苦痛だった。従来よりも切る面積が少ないはずの腹腔鏡手術でこの苦しみ。腹腔鏡人工授精をした羊も、「メー」としか言っていなかったが、その「メー」でさぞや苦痛を訴えていたに違いない。

そして、腹腔鏡手術でもこれだけ予後が痛いのだから、普通に切開を要する手術はどれだけ痛いのだろう。可能な限り健康に生き、できれば大きな手術は受けないで生きていきたい。健康管理は本当に大事だな……と文字通り痛感した一件だった。

フルマラソン挑戦と小説の執筆再開

退院後もしばらくの間は、術後の痛みと衰弱でまともに農作業はできなかった。徐々に慣らしながら、落ちた体力を回復すべくウォーキング、そして虫垂炎になる以前と同じぐらいまで回復してからは、体力向上と健康維持のためにジョギングを行うようになった。

そして迎えた二〇〇九年。大袈裟《おおげさ》ではなく、二十代最後のこの年が私の人生の節目になった。

羊を飼い始めてからは約五年が経過していた。肉の出荷は問題なかった。羊の頭数は増え続け、小さなトラブルを重ねながらも、それを克服する術も身につけていった。よく肉を買ってくれる馴染みのレストランも増えた。あとはさらに頭数を増やせれば万々歳。ただし相変わらず外部から多頭数を購入する手立てはないため、地道に育てていくしかない。それでも、このまま頑張ればなんとかなる、そんな明るい気持ちで日々働いていた。

エネルギーが余っていたのか、運動不足解消のジョギングが高じてマラソン大会にも挑戦し始めていた。それほど速いわけではないし、飛びぬけて健康になったわけでもないが、練習や大会で外に出ることはいいリフレッシュにもなった。もう少し頑張ってみたいと気力がみなぎり、秋には初めてフルマラソンに挑戦しようと、練習に励んだ。

仕事や生活スタイルが安定してきたので、精神的にも少し余裕ができ、この頃から『あ、小説を書こう』と思うようにもなっていた。私は大学時代、文芸サークルに所属していたことがあったが、書く楽しさに目覚めつつも、それゆえ自分の能力のなさに嫌気が差し、筆を放り投げていたのだ。

二十歳そこそこの頃と、三十手前の今の自分だったら、少しは人生経験を積んだ分だけ今の方がいいものが書けるのではないか。なにより、このまま書かないでいたら文章を書くきっかけを失ってしまうような気がした。

そこで、地元紙である北海道新聞が主催する文学賞に応募してみることにした。締め切りは八月下旬、原稿用紙換算五十枚以上百五十枚以内。あの頃の私には途方もない目標だったが、応募という足がかりは再び筆を執るきっかけとしては最適だった。結果はともかく、何かを書きたい、何か新しいことをしたい。そういうエネルギーに満ちていた。

自分のライフプランも、そろそろ絞り込もうと思っていた頃だった。

とにもかくにも羊の飼育だ。もともと、実家で羊を増やし、いずれどこかに独立という形で新規就農を考えていた。まだ頭数も資金も足りないが、目標を立てるならそろそろ具体的に考え始めてもいい。

そのため、この頃は仕事の傍らでマラソンをし、小説の執筆を再開し、なおかつ独立の可能性を考え始めていた。

父に異変が起きたのは、そんな頃だった。

診察結果に安堵した矢先……

「ものの見え方が何かおかしい」

ある日、父がそう言いだした。視野がなんだか普段と違うのだそうだ。もともとメニエール症を患っているので、その関係もあるのかもしれない。私は父を車に乗せて、隣町の大きな病院まで走ることになった。

父はもともと若い頃から車の運転が好きで、人が運転する車に乗るのは「酔うから」といって嫌がる人だった。だから、大人になってからどこかへ一緒に行く機会があっても、必ず父が運転していた。私が運転する車に父が乗るのはこれが初めてだったと記憶している。

父が受診している間、私は車内でぼーっと時間をつぶしていた。父はこのとき六十七歳。酪農の経営を長男に譲り、家の大黒柱からご隠居になろうかというところだった。人手が足りないからと引き続き仕事は続けているが、本人はそろそろ自分の時間を作りたいようだった。

今思い返すと、この頃の父はやりたいことを色々と抱えていたのだろうと思う。車を買い替える時、「引退したらこれに乗って車中泊しながら全国を回りたい」と、ラゲッジスペースが広いコンパクトカーを購入していた。鉱物が好きな父に頼まれて、通販で鉱物の本や紫外線ライトを代理で購入したこともあった。

「もしこれから日本全国を回るんなら、新潟に翡翠《ひすい》を探しに行くのもいいんじゃない？」と私が言うと、「それもいいなあ」と笑っていた。

人生百年ともいわれる現代。父はまだ若いし意欲もある。だから、「たいしたものではない」という眼科の診察結果に安堵しつつ、まだ父は元気でいてくれると信じていた。

しかし、この視野の異常が、後に起こる異変の前触れだったのだろうと今は思う。

それからしばらくの間は、家族みんなでいつもと変わりない生活を送った。時期は九月。私は仕事をしながら、翌月に迫った初フルマラソンに向けて練習をしていた。

その夜のおかずはホッキ貝のかきあげ。父の好物である。うちの夕食は家族全員で両親の家である母屋に集まり、みんなで食べることになっている。父の食欲は旺盛。不調はあくまで一時的なものだったと安心するに十分な様子だった。食後に父は、孫たちにねだられるままギターを弾いてみせていた。

私は私室に戻り、ベッドに入った。明日も仕事は早くから始まる。いつものように朝がきて、いつものように家族で働くのだ。疑うことなどなかった。

だが真夜中、いきなり部屋のドアが激しくノックされた。

「秋ちゃん起きて。お父さんが倒れた」

兄嫁の声だった。努めて冷静に言っているであろう声が、かえってただ事ではない雰囲気だった。私は慌てて飛び起き、両親の寝室へと向かった。

父、危篤

真夜中、飛び込んだ寝室で父は頭を抱えて唸っていた。呼びかけにはほとんど答えない。即座に救急車を呼び、釧路市の大きな病院へと搬送された。乗用車でも二時間近くかかる距離だ。母が付き添い、残ったのは私と長兄夫妻の三人だった。

残された私たちにできることはない。それに、畜産を家業としている我々は、親が倒れようが子が倒れようが、数時間後にはいつものように牛舎に行き、人手が少ない状態でも作業をしなければならない。そうでないと家畜が死んでしまう。

少しでも眠って体力を温存しなくては。睡眠不足や不安が残る状態で仕事をすれば、ミスや事故に通じる。寝なくては。そう理性で判断して寝床に戻っても、私はなかなか眠れなかった。

父はどうなるのだろう。もし父が万が一のことになったら、うちの牧場はどうなるのだろう。親がいつまでも健康でいられないのは当たり前だけど、まさかこんなに唐突に、とネガティブな考えばかりがぐるぐると頭を回っていた。

朝、よく眠れないまま作業服に着替えて牛舎に行くと、兄が母から受けたという電話連絡の内容を教えてくれた。

『状態は少し良くなった』

『最初に診た医師の所見では大事ではないらしい』

それを聞いて少しほっとした。心配は続いていたが、力が湧いた。本来五人で行うはずの作業を長男夫妻と私の三人で終わらせ、急いで着替えて私も搬送先の病院へと向かう。案内された病室で、父は「おう」と元気そうな顔をしていた。

この時は、家族全員が心の底から安堵した。やがて各種検査が行われ、担当医師から説明を受けた。

今回の激痛と意識の混濁の正体は脳卒中。だが幸い、脳内の血管の一部から『じわっと』血液が漏れただけらしい。血はすでに止まり、悪化することもない。それより、詳細な検査の結果、脳内で他に血管が瘤《こぶ》状になっている箇所が見つかり、そこが破裂しないうちにクリップを装着する手術が必要とのことだった。病室で本人を交えて話し合った結果、このまま入院してその手術も行ってしまおう、という運びになった。煙草吸いの父は禁煙期間が長くなるのが不満だったようだが、一度退院してまたわざわざ入院するよりずっといい。

そして、あまりにもあっさりと、父の手術日が決まった。


父の入院中、私は予定通り地元のマラソン大会に出場した。初めてのフルマラソンだ。地道に練習していたお陰か、タイムこそ速くはないがなんとか無事に完走を果たすことができた。


そのマラソン大会では完走者に塩鮭一本と大判のバスタオルが贈られる。入院中の父に鮭を持っていくわけにはいかないが、代わりにバスタオルを持って行った。

「これお父さんにあげるわ。女子で八十八位だから、末広がりで、縁起いいっしょ」

「おう、そりゃ縁起いいなあ。枕カバー代わりに使うわ」

数日後に脳の手術というその日、父はそう言って笑っていた。どれだけ無事に手術を終えて退院し、自分の家に戻り、煙草をゆっくり吸う日を心待ちにしていたことだろう。

手術の当日でも早朝から牛の世話

父は農家の息子ではない。旧満州で薬剤師の次男として生まれ、引き揚げ後は大阪で育ち、北海道の大学に進んで農業関係の公務員になった。脱サラをして農業を始めた新規就農者だ。新酪農村計画という、初期費用をまとめて借り入れて就農するシステムを利用したため、借金返済でずいぶんと苦労しながら私たち四人の子どもを育ててくれた。経営者として、農業者として、不慣れなことも多かっただろう。人付き合いだってけっしてうまくはない。人に利用されたことも、騙されたことさえあった。趣味のパチンコが過ぎて、母や私たちが呆れ果てることも度々だった。

それでも、とても頑張る人だった。約四十年の間、ほぼ休みなく毎日朝早くから牛の世話をして、牧場を維持していた。時代の流れに翻弄されて先輩農家や同時期に就農した農家が離農していくなか、いい乳質の健康な牛を育て続けた。金持ちではないが、時々奮発して美味しいものを買っては家族と食べるのが好きな、そんな人だったのだ。

手術の前、私は母にこう零《こぼ》したことを覚えている。

「開頭手術って、私、イメージが怖くてだめだね。脳いじるとか、なんか怖い」

「そう？　お母さん別になーんも怖くないわ」

医師から『簡単な手術ですから』という説明を受けていたこともあり、恐れることなど何もないはずだった。でも私は、自分の父親の頭蓋骨が外され、その内側の脳にメスが入る、その様子を想像すると理屈抜きで落ち着かないのだった。

そして手術の前日、私は釧路の近郊にある食肉加工場に羊肉を取りに行く日程になっていた。少し遠回りをすれば病院に寄って、父の見舞いができる。

しかし私はその日、病院に行かないまま帰った。手術はきっと無事に終わり、父は問題なく退院すると思っていた。心のどこかで、『何か起こる前に一応会っておこう』なんて、万が一に備えてのような縁起でもない行動を取りたくないと思っていたのだ。

そして、この日父に会っておかなかったことを、私は今も悔いている。この日が、元気な状態の父に会う最後のチャンスだった。

手術当日も、私は家で変わらず牛と羊の世話をしていた。病院への付き添いは母と兄が行った。繰り返しになるが、家人が病気でも手術でも、農家である限り残された家族は人手が少ない中で家業を維持していかなければならない。できることはやらなければ。そうすればじき父も元気に戻ってくる。仕事も楽になる。そう思って働いた。

その手術直前、ストレッチャーに乗せられた父に母は「お父さん、頑張ってね」と声をかけたそうだ。

「頑張るの俺でないもの、お医者さんだもの」

父は笑ってそう答えたという。本当に何も恐くなかったのか、それとも自分を鼓舞していたのか、それは分からない。

どんな朝でも動物が待っている。家庭の事情で途方に暮れている場合ではない

手術後には、無事終了したと医者から告げられた。術後しばらくはICU（集中治療室）に入ることになる。

母によると、ICUに運ばれる途中で父はうわごとで「頭痛い」と言ったそうだ。付き添っていた看護師は「問題ありませんよー」と答えた。それを聞き届けて、母と兄は帰ってきた。夕方の牛の搾乳が終わり、いつもの夕食の時間、家族はみんなほっとしていた。

「最初にお父さんが救急車に乗せられていった時はどうなるかと思ったけど」

「無事に手術終わって良かったねー」

そんな会話を交わし、気が抜けたのか、いつもよりゆっくり食事を終えてのんびりしている夜十時頃。いきなり固定電話が鳴った。

「はい、お世話になって……はい、はい⁉　口頭で手術許可……はい、お願いします、すぐ向かいます」

電話を受けた母の声がだんだん切迫していく。嫌な予感がした。

「お父さん、ＩＣＵでくも膜下出血してこれから手術だって。すぐ釧路行くわ」

すぐさま母と兄が病院へ向かった。少ない情報を整理すると、最初の手術後、麻酔で意識がない状態でＩＣＵにいた父は、誰にも知られないままくも膜下出血を発症していた。現場の看護師が気づいた時には既に瞳孔が開き、緊急手術が行われることになった。今回の電話は、一刻を争うため電話で手術の同意を求めるものだった。

残された私は呆然としていた。簡単だって言ってたのに。成功したって言ってたのに。父は死ぬのか。いやまだ死んでいないはずだが、どれだけ辛い、痛い思いをしていることだろう。

そして、どれだけ衝撃でも、悲しくても、六時間後には私は牛舎に行って仕事をしなければならない。母と兄はそれまでには帰ってこられないだろう。だとすると、私と兄嫁だけしかいない。ならば少しでも眠らなければ。ああでも眠れるわけがない。どうして、何も悪いことをしてない父が、どうして……。

この時ほど、自分が牛飼いで、羊飼いであることを悔やんだことはない。自分もすぐに病院に駆け付けたいのに、父の財産である牛を、自分の宝物である羊を、放り出してはいけない。自分で選んだ職業だったはずが、この時それが何より重い枷《かせ》になった。

朝になり、半ば呆然としながら兄嫁と、母を病院に残して未明に帰ってきた兄と、三人で仕事を進めた。早く作業を終えて病院に行かなければ。

牛の搾乳を終えてから、羊の餌やりへと小屋に行く。こちらの事情を斟酌するわけもなく、いつも通りに餌をねだってくる羊たちが疎ましかった。そう思ってしまう自分がこの上なく情けなかった。

家族を団結させた母の放った一言

駆け付けたＩＣＵで対面した父は痛々しかった。開頭手術の名残か、顔には血がこびりついたままだ。もちろん意識は戻らない。呼びかけても反応もない。医師からは、意識を取り戻す確率は低いこと、もし目が覚めなかったらこのまま植物状態になるであろうことが告げられた。

「こんなことはありえない。絶対に諦めない。絶対に目を覚まさせて、お父さんをうちに連れて帰る」

母の放った一言に、家族全員が頷いた。

その日から、一家団結した戦いが始まった。父の抜けた作業を大人四人で回し、毎日家族の誰か一人は必ず釧路まで車で通い、父に声をかけ続けた。

「今日は手が動いた」

「今日は目を開けた」

「今日は呼びかけに口を動かした」

徐々に起こる反応、ICUからHCU（高度治療室）、そして一般病室に移されるという小さな変化をプラスと捉え、前向きに回復を信じた。

好きな音楽を聴かせるといい、という話を耳にすると、すぐさまウォークマンを買って父が好きなベンチャーズの曲を入れ、意識不明瞭な父の耳にイヤホンを突っ込んで何時間も聞かせ続けた。

そのうち父の農家としての筋肉は落ち、骨と皮ばかりになった。半身不随になったためベッドから降りることも叶わない。排泄はオムツだ。人からの声に反射のようにオウム返しで応えるだけにすぎない。もとの、元気な父には戻らないかもしれない。

それでも、少しでも状態を良くしたい。そのうえで、家に連れて帰りたい。そう思い、楽ではない釧路通いを毎日続けた。車の走行距離メーターはみるみるうちに桁を増やし、定期メンテナンスの際にディーラーの担当者が驚く数字になっていた。

これからどうなるか分からないまま釧路通いを続ける中、父が元気な頃にこっそり北海道新聞文学賞に応募した小説が、最終選考の結果、落選したという連絡がきた（ちなみに、この時の落選原稿を書き直したのが『ともぐい』という作品になり、後に直木賞を受賞した。人生って分からないものである）。

この時、私の気持ちは本当に据わったように思う。最終選考まで残ったのは本当に嬉しかったが、残念ながら結果はこうだ。これが現実だ。これこそが、自分がこれから戦わなければならない現実だ。

「絶対に諦めない」

私はこの時心に誓った。父の回復も、家の維持も、私の羊も将来も、何一つ諦めてなどやるものか。もし何もかもどうしようもなくなったら、その時には腹でも首でもくくってやる。でも、それまでは絶対に諦めない。自分にそう課した日々が始まった。

要介護度ヘビー級の介護ライフ

父が脳内出血で救急搬送され、さらにその後のくも膜下出血を発症してから、半年が経った二〇一〇年の四月。父は釧路の病院から退院し、家に帰ってきた。

高次脳機能障害が残り、半身麻痺、車いすに乗せることは可能とはいえ、ほぼ寝たきり。そんな状態の父を在宅介護する日々がスタートした。医師の説明によると出血により海馬の損傷が著しく、記憶や現状の認識能力は著しく落ちていた。端的に言えば、記憶と人格はほぼ壊滅、家族の顔と名前も分からず、知識は二歳児程度。また、新しく記憶することもほぼ不可能。排泄はおむつ。食事は胃ろう。要介護度判定こそ五段階でなぜか四になってしまったが、実質的には要介護度はヘビー級。それが、父の状態だった。

幸い、父は長期入院中で意識が明瞭でない頃から細やかな看護とリハビリを受け、状態は良かった。ＩＣＵで脳内出血が長時間見逃されていた疑惑は残るが、それを除けば現場の職員さんたちには家族ともども本当に親切に、親身になって頂いた。どれだけ心強かったか分からない。

そして、自宅に帰ってからも、社会福祉センターのケアマネージャー、訪問入浴のスタッフ、訪問看護、訪問診療、デイサービス、ショートステイ、ありとあらゆる人の誠実な仕事と手助けのお陰で、序盤からなんとか不安の少ない状態で父の在宅介護は始まった。

悲劇のヒロインになりたいならば

私たち家族には、父をどうにかして少しでも良い状態にしたい、健康な状態を維持しつつ、できることなら家族のことを思い出してほしい、体を動かせるようになってほしい、という願いがあった。父の退院時には全面的に特別養護老人ホーム等に入所させるという選択肢もあったのだが、『自宅で家族が声をかけ続けたら少しでも以前の状態を取り戻せるかもしれない』という一縷《いちる》の望みから、在宅で看続けよう、という結論に至ったのだ。

そのために和室を介護しやすいフローリングの部屋にリフォームし、ケアマネージャーさんを介して介護用ベッドや痰の吸引機器、車いす用玄関スロープもレンタルした。利用できる介護サービスは最大限利用し、よく言えば長期戦の構え、悪く言えばいつ終わるかも分からない在宅介護に備えた。

入院しているうちから一番懸念されていたのは、父自身によるオムツいじりだ。障害のため認識を更新しづらく、何度言っても自分でオムツを剝いでしまったりする。ちょっと目を離した隙にベッド周辺が糞尿でドロドロに、ということもあるのだ。介護用の拘束機能つき手袋などである程度の予防はできるが、基本的に二十四時間の付き添いが必要となる。

この点、家業が家族経営の酪農家である、ということはうちの場合はプラスの結果になったと思う。休みがないから誰かは常に家にいて見守ってやることができる。ただ、牛の搾乳時間帯は大人全員が作業に出てしまうから、その間はまだ小学生の甥っ子と姪っ子が父のベッドの傍らでゲームをしながら見張っていてくれた。子どもに介護を手伝わせることを申し訳ないと思いつつも、本当に助かった。

酪農をしながら父を看つつ、わが家では、住宅の一角にある工房でチーズを作っている。大きな地震のあとに古い住宅が壊れて建て替えの必要に迫られた際、母の長年の夢だった食品製造の施設を併設することにした結果だ。

工房の規模は小さく、生産量も僅かなものだが、きちんと保健所の許可のもと販売もしている。このチーズ製造は母の生きがいでもあった。

父が倒れ、在宅介護をする方向で話が進んでいた頃、母はチーズ製造をやめることも考えたらしい。

しかしその際、長女（つまり私の姉）が「悲劇のヒロインになりたいならやめればいい」と助言し、製造続行を決断したとのことだ（姉の言い方もちょっとなんだが、それで腹を決めた母もなかなかの根性である……）。

ともかくそんな経緯で、父の回復を少しでも望みつつ介護し、家業の酪農を維持し、母のチーズ製造を継続する。それが家の基本方針となった。

壊死した陰嚢はポトリと落ちる

そして私はといえば、在宅介護を始めてしばらく経った頃から、『羊を増やしていずれ実家を出て独立しよう』という将来展望は消え去っていた。

一緒に介護している母は、『あんたはやりたいことがあったら介護しなくてもいいんだよ』と言ってくれてはいた。しかし現実問題として、人手が足りない酪農の現場とオーバーワーク気味の家族を見ながら、『ハイそうですかではありがたく』と家を放り出すようなことを自分に許せそうになかった。

独立は叶わないが、羊はこれからも飼育・販売を続けていきたい。しかし、酪農の仕事との時間的バランス、そして拘束時間を考えると、羊の数を増やすことはできそうになかった。繁殖雌羊を十〜十五頭飼育する。これがこの時点での私の限界と定めた。これより少ないとこれまでのお得意さんに安定して羊肉を売ることができないし、増えすぎると酪農とのバランスがとれなくなる。

本来、単純に増頭を目指すならメスの子羊は全て育てて次の繁殖羊とするところを、数頭だけ残してあとは肉にするようにした。正直、出荷しながら『勿体ない』という思いが拭えなかった。こんなに元気で健康な雌羊を、ちゃんと育てれば二年後にはきちんと分娩して数を増やしてくれるだろうに。名残惜しい思いで出荷を続けた。

しかしこの選択は、お得意様から思わぬ好評を得ることになる。雌子羊を出荷するようになると、馴染みのシェフが「メスの方が柔らかくて美味しい」と言って下さるようになったのだ。

ここで子羊肉の性別について、少し技術的な説明をしよう。羊の繁殖はオス一頭でメス五十〜百頭以上を相手にできることから、繁殖用の羊を残そうと思った場合、オスはよほど有望な個体であれば残して、あとは去勢されることになる。去勢しないでいると、成長するに従ってテストステロンという男性ホルモンの作用で、肉が硬く、臭みを増してしまうからだ。

この去勢は普通、生後数日のうちに睾丸部分の根元を専用のゴムリングで結索することによって行う。そんな！　生まれたばかりの可愛い赤ちゃん羊に！　と思われるかもしれないが、小さい頃の方が苦痛が少ないのだ。

とはいえ、ゴムで結索されると半数以上の雄子羊はバッタリとその場に倒れ、「もうだめだ……お母さま……先立つ不孝をお許しください……」とばかりに虫の息になる。プロ羊飼いとしては「馬鹿者、それで死んだオスなんぞ見たことがないわ」と冷ややかに見つめるのが常だ。去勢で死ぬようならそもそも虚弱すぎてこの先、生きていけるはずがない。そして実際、十五分ほど経過すると子羊たちは去勢のことなどすっかり忘れ、ケロッとして元通りピョンピョン飛び回るのだ。

無事に痛みを乗り越えた雄羊はその後どうなるかというと、血流を止められた陰嚢《いんのう》は自然に壊死してカサカサにしぼみ、いつの間にかその辺にポトリと落ちることになる。そのうちカラスあたりが拾っていつの間にかなくなっているのが常だ。

去勢後の雄羊は未去勢よりも肉質は柔らかく、上質なラム肉になる。個人的にはこうした去勢子羊と雌子羊の肉質は生後一年以内であればさほど差はないものと思っていたが、シェフによるとメスの方が断然柔らかいから、選択肢があればできるだけメスが欲しいという話

去勢前の雄子羊。そんな清らかな目で見ないで……

だった。

なるほど。素人の舌しか持たない私からすると、子羊の時点では性差がそれほど肉質に関わるように思えなかったのだが、さすがはプロというか、その辺りの繊細な違いは大きいようだ。

増頭のために雌子羊を出荷せずにいた時は、シェフのリクエストに沿えなかったが、不幸中の幸いというか、頭数維持を心掛けると年間数頭は雌子羊を出荷することが可能だ。リクエストを叶えつつ、良い羊、良い肉を生産し、シェフの皆さんにはその肉を有効に活用して頂こう。そんな方向で、家の現状に沿う形で私は羊飼いを続けていくことになった。

ふり返った今だからこそ言えることだが、父の介護や家業の酪農とは関係ないところで商売の手段を持っていて本当に良かったと思う。自分なりの社会的な繋がりを持てていたか否か。閉鎖的な環境で必死に生きていくにあたって、それは私の精神的な命綱でもあった。

先が見えない父との時間

介護を続けて公的サービスを調整するうち、家業の酪農と母のチーズ製造のバランスを見て、父は週四日、デイサービスのお世話になることが決定した。

訪問入浴は自宅で専用の機材を用いて父をお風呂に入れてもらえるので助かるサービスだったが、同席した際、裸の父がスタッフさんたちに体を洗ってもらうのを見届けるのは正直言って少し辛かった。デイサービスでは施設内でお風呂にも入れてもらえるため、心理的に少し楽だ。

デイサービスは朝の九時過ぎから午後三時半まで。私は朝、父を車いすに乗せて、いつも庭先でお迎えのマイクロバスを待っていた。

花が咲けば父に花を見せ、牛舎で寝起きしている猫が近寄ってくれれば、父の膝に猫を乗せた。

「ほらお父さん、覚えてる？　タビ子だよ、タビ子。大好きだったしょ」

「牛舎猫」のうちの一匹。舎内は牛の体温で常時温かく、猫の居場所にぴったり

「うん……？」

何匹かいる牛舎猫のうち、父が元気だった頃、一番好きだった猫だ。膝のタビ子は可愛がってくれた父から自分の記憶が抜けたなんて知らずに甘えている。

「タビ子って呼んであげて、タビ子ーって」

「た……タビ、こー」

「ニャー！」

父は猫の小さな頭を輪郭に沿って撫で、喉のあたりでは指先を使って上手にくすぐる。記憶が抜ける前と同じ動きに、猫は喉をゴロゴロ鳴らした。父はこういうことは覚えているのだ。猫の名前も、娘の名前も思い出せないのに。

麻痺の名残を抱え、それでも猫に微笑む父を見ながら、人ひとりの幸せとはなんだろう。そして不幸ってなんだろう。そんなことを考えた。

今の父は本人が望まない形で自我のほとんどを失い、下の世話さえも人に任せて生き続けている。

もし、元気だった頃の父に『意識不明瞭で寝たきり、家族だけじゃなく他人にも下の世話をされて何年も介護を受けるとしたらどうする？』と聞いたら、おそらく『介護しないで死なせてくれ』と言ったのではないかと思う。

だが現実問題、父が生きていて、我々が世話し続ける限りこれからも生き続けられるのであれば、父の意に反するかもしれないが介護は続けなければならない。

とはいえ、これが終わるのは何年後だろうか。一般的な在宅介護の平均年数は約五年だそうだ。あと五年とすると、私は三十五歳。もちろん父には長生きしてほしい。けれど、その気持ちとは裏腹に、介護に投じる時間はブラックホールのように消えていく。きれいごとではなかった。

穏やかに猫を撫でる父を眺めていると、一時期命さえ危なかったことを考えれば、これは奇跡のようだと思った。しかし同時に、私は心のどこかが常に金やすりをかけられ続けているようだった。死ぬほどの致命傷ではない。けれど常にじくじくと痛み、鮮血がだらだらと流れ続けている。それでも父を、家を、支えなければいけない。立ち続けなければいけなかった。

部分的丸投げのススメ

在宅介護に慣れ始めた頃、父の要介護度は四から五に引き上げられた。もともと半身不随の寝たきり・意識不明瞭の状態を見れば四ではなく五が妥当だったのだ。ようやく判定が実際に即したレベルになった。

一般的には、介護する側として、身内の介護レベルが上がることに心理的抵抗を感じる人は多いだろう。中には、自分の要介護度判定が高くなってしまうのを恐れ、ケアマネージャーさんが来る時に無理をしてでも元気な振りをする要介護者もいるという。ええ、まだまだ自分は元気だと思いたいし、他人からもそう見られたいというお気持ちはよく分かります。

しかし実際のところ、介護の現場でありのままの状態を見せないことは大きな損になる。まず、要介護度によって介護にかかる費用をどれだけ自己負担するかが決まる。当然、要介護度が高い方が家庭の負担は低い。

そしてもう一つ、デイサービスやショートステイなどをお願いできる日数が左右されるのだ。正直、うちにとってはこれが一番大きかった。二十四時間の付き添いが必要な父を、一時的にでも預けられる時間は長い方が絶対にいい。要介護度五に決定したことで、うちの場合ではデイサービスが週に四日、ショートステイが月のうち約一週間、訪問介護を週に二回、訪問診療を週に一回受けることができるようになった。実に助かる。そんなわけで、私としては、父の現状が変わらない状態で要介護度判定が上がったのは歓迎すべきことだったのだ。

こうして人様に介護を預ける時間や日にちが固まると、「あ、この日から一週間お父さんショートに入れるから、お母さんその間に集中してチーズ作るわ」など、家族も自分の予定を立てやすくなった。時間的な余裕ができるのはもちろんありがたいし、それ以上に気持ち的に楽になった。父を朝から晩まで世話しなくていい日がある、という解放感は日ごろのストレスを軽くしてくれた。このお陰で、長い間介護に携われた気がする。

うちの場合は家事ヘルパーさんは頼んでいなかったが、介護環境によって必要ならばどんどんお願いした方がいいと個人的には思う。いつ終わるともしれない介護を、なるべくストレスを減らして行うには、「人様に丸投げできることは果断に丸投げする」のが一番いい。

第六章

チャンスの神様の前髪を摑む

新しい視野を手に入れる

さて、しんどいながらに介護をこなして生活のリズムが固定化していたタイミングで、私は以前からやりたかったことを実行することにした。レーシック手術だ。

ガッチリ体形なのもあって割と丈夫な肉体を自負していた私だが、どうしても治らず困っていたのが目だった。遺伝なのか近視と乱視がひどく、子どもの頃から眼鏡が手放せない。大学生の頃にコンタクトをしたことはあったが、牛飼いや羊飼いの仕事柄、眼鏡しか選択肢がないようなものだった（考えてみてほしい、仮に牛や羊に顔面を蹴られて、眼鏡を割られるのと、瞼と眼球の間に入っているコンタクトを割られるのでは、どちらが大変なことになるだろうか）。

マラソンで走っていると眼鏡が揺れて邪魔だったこともあり、私はレーシック手術を受けようと決心した。施術できる病院は遠方だし、費用もそこそこ要するものだったが、専門の技術を持った人に自分の変化を委ねることで、前向きな気持ちになりたかったのかもしれないと今では思う。

世の中にはレーシックやプチ美容整形などに対して『親にもらった体を云々』というご意見の方もいらっしゃるだろうが、私はそうは思わない。というのは、私は幼い頃に手術で見た目を整えてもらって救われたことがあるからだ。

私は生まれて数日後に左耳の後ろ側が腫れはじめ、血管腫という良性腫瘍と診断された。やがてすぐにこぶとり爺さんのこぶのように大きく膨れあがっていった。お医者さんから手術すれば治ると聞いていたため家族は気にしていなかったそうだ。しかし母が幼い私を連れて買い物をしていると「よくあんなの連れて歩けるね」と人に陰口をたたかれていたそうなので、傍《はた》から見れば結構派手な見た目だったのだろう。

幸い、腕のいいお医者さんのお陰で、何度かの手術を経て小学校入学前には全て切除してもらうことができた。ケロイド状の傷痕は今でも少し残っているが、むしろこれは私が幼い頃にきちんとした技術を持った人が手術をしてくれた、その勲章だと思っている。

こういった経緯もあり、私は心理的な抵抗はあまりない状態でレーシック手術を受けた（でもいざ手術、という時はやはり少しだけ怖かった。眼球にメス入れるわけですからね）。

腕のいいお医者さんが手掛けて下さったお陰で、手術後十年近く経つ現在も特に副作用はなく、すこぶる良好な裸眼生活を享受している。少しの投資と勇気でコンプレックスが払拭されたのだから、人生有数のいい買い物だったと思っている。

睡眠時間を削って書いた先

眼球は新しく生まれ変わった。さあ、この目でものを見て、それを小説にするとしよう。

私はレーシック手術の後、前年に応募し落選していた北海道新聞文学賞（以下、道新文学賞）に再び挑もうと考えていたのだ。

道新文学賞は、最終選考委員の先生方の講評が公開される。前年応募した作品は、数名の先生方からご感想を頂いていた。

嬉しかった。内容が好意的だったからだけではない。私の書いた文章を、新聞社の人や、文壇の第一線で活躍しておられる人たちが読んでくれた。朝から動物の世話や介護や家事に追われ、夜、こそこそと一人書いていた小説を、だ。それが私にはとても嬉しかった。

そこで、よし今年も頑張ろう、受賞できるかは分からないが（そりゃもちろんできれば受賞はしたいが）、自分の書きたいもの、書けるものを形にしてみよう。そう考えてがむしゃらに書いた。その結果、この二年目の挑戦である二〇一一年、佳作を受賞することになった。やった、自分の小説が去年よりも評価された、眠い目をこすりながら書いた甲斐があったと私は舞い上がった。そして、緊張しながらもうきうきと札幌で行われる授賞式に出席したのだ。

きらびやかな会場、そこに居並ぶ人たちはみな、言葉に命をかけている人たちだ。審査員の先生方や、過去に受賞された先輩作家さんの厳しくも温かいお言葉ひとつひとつが、自分の糧《かて》になっていく感覚があった。

そんな中で、運営をしている文化部の方に声をかけられた。

「頑張ってくださいね。佳作二回はないから」

はっとした。賞を頂いてすっかり有頂天になっていたが、ここで終わりではけっしてないのだ。来年また佳作相当の小説を書いたとしても、それは成長がないということを意味する。私は本賞を目指さなくてはならない。そう痛感した。

これは個人的にはものすごくプレッシャーとなった。一般的に小説は書けば書くほど上手くなる、とはいうものの、実際に書いている人間は自分がレベルアップしてるかどうかなんて分からないまま書いている。そりゃもう全力を尽くして物語を綴ってはいるが、その全力を挙げた作品が『去年の方がよかったね』とすげない感想を抱かれたらどうすればいいのだ。停滞ならまだしも、マイナス成長なんて嫌だ。書くからには、私は成長したい。

より良いものを。そう思いながら、夜中に睡眠時間を削って三回目の応募原稿を完成させた。そして数か月後、道新文学賞の本賞を頂くことになった。『本賞受賞です、おめでとうございます』という電話連絡を受けた時は、嬉しいのとほっとしたのが半々だった。

昨年と同じ授賞式の会場で、滅茶苦茶に緊張しながらスピーチを行った。事前にネットで『スピーチ　緊張をとるには』と調べてみると、『冒頭で「緊張してます」とカミングアウトしてしまうと気持ちが少し楽になる』ということが書いてあった。よしこれだ、と話のアタマで「え～いつも人間よりも牛や羊に囲まれてるので緊張しています」と話したら少しウケたので、少し楽になった。

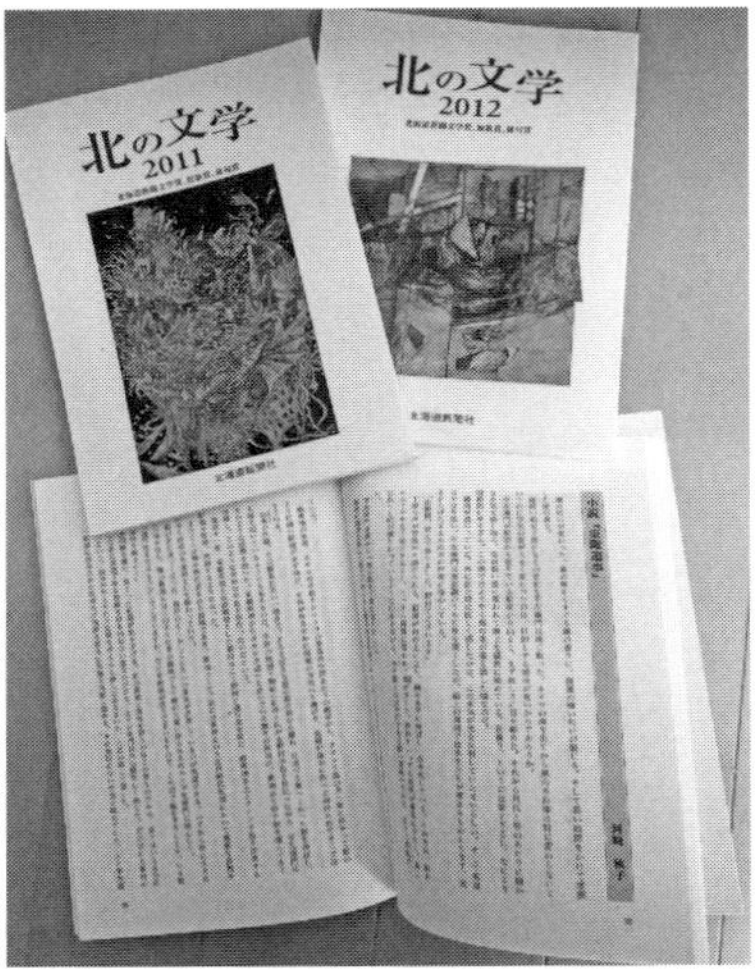

2012年道新文学賞本賞受賞作「東陬遺事」掲載誌。道内で販売された

それから何を言ったのかはほとんど覚えていないが、確か、『山に登ることを許されたような気がします』ということを言ったような気がする。その後の受賞パーティーで、先輩作家さんから「まだあなた一合目までも登れてないからね！」と激励されて、またも私ははっとした。そうだ、やっぱりこれは、終わりではないのだ。もっと良いものを書かなければ、書きたい、もっと良い小説を書きたい、その思いばかりが膨らんでいくこととなった。

私は「世界のどの位置を占めるか」

その一方、佳作の時以上に、近隣の人

からも反響は大きかった。「秋ちゃん、小説書くんだ〜」と驚かれることが多く、恥ずかしくもあったが、ほとんどの人が身内のように喜んでくれた。

そんな中、知り合いの女性が「すごいね、おめでとう〜」と言った後、さらりと続けた。

「文学賞なんかもらっちゃって、ますます嫁の貰い手がなくなるね〜」

ご本人からすると親切な忠告のつもりだったのかもしれない。あるいは言葉面通りに皮肉だったのか。

とりあえず、「あはは、そうですね〜」と笑って答えたが、もちろんいい気分なわけがない。

父の介護がある限り恋愛や結婚のことなど考えられないし、願望ももともと薄いとはいえ、失礼な物言いには腹も立つ。

いくら北海道の人間がおおらかで細かいことを気にしないとはいっても、結局は狭い人間関係によって成立している地域社会である。

『羊なんか飼ってる嫁き遅れ《い》』が『羊なんか飼ってるうえに小説書いてる嫁き遅れ』になって、うすら暗いことを色々と思う人もいるんだろうな、と痛感した出来事だった。

多少もやもやはしたが、結局、私は大いに開き直った。『人様からどう見られるか』なんてことよりも、『どうやって次の小説を書くか』の方が私にとっては大事で、なおかつ途方もない問題なのだ。私の人生になんの責任もとれない人の戯言《たわごと》に構っている暇はない。

なんせ、私はまだ一合目にも至れていないのだ。これからだ、これから。過去に応募した三作でも、思い返すと稚拙なところや表現しきれなかったと思う点は山とある。もっと深く、もっと広く。自分の満足のいく文章を。そして人の心に届く物語を。

大学生の頃、私は不出来で物覚えの悪い学生だったが、ある講義の時に教授が言った一言が心に強く残っていた。

『自分は世界のどの位置を占めるのかを考えるように』という言葉だ。

それは世の中における役割とも言い換えられるだろう。私が自分に定めた世の中の役割は、羊飼いとしていい羊を飼育し美味しい羊肉を送り出すこと。そう思っていた。

もう一つ自分に課したい役割が増えた。私は、小説を書くことを仕事としたい。できることなら、羊を飼いながら作家になりたい。明確にそう思い始めた。

現実的なこととして、道新文学賞は非常に厳格かつ適正な審査によって運営される素晴らしい文学賞だが、受賞をしても『デビュー』にはならない。作家になるためには、ここからさらに小説誌が主催する新人文学賞に応募し、賞によっては数千倍の応募作を勝ち抜かなくてはならないのだ。

そんな折、いつものように仕事の休憩中に新聞を見ていると、『三浦綾子《みうらあやこ》文学賞募集』の文字を発見した。三浦綾子。言わずもがな、北海道で文章を書く人間にとって伝説のような方である。その三浦先生が名作『氷点』を発表して五十年という節目にあたり、一度限りの文学賞を開催するという。

そして、募集要項の最後の部分に私は釘付けになった。『受賞作は単行本化』という文言だ。

チャンスの神様は前髪しかない、とはだれが言った言葉だったか。私はスピードはないが握力にだけは自信があるのだ。羊の毛刈りで鍛えてるから。

よし。神様の前髪、摑みにいってみようか。そう思った。

計画が計画通り進むことなどない

三浦綾子氏。何度も映像化された『氷点』をはじめ、深い洞察と人間愛にあふれた数々の名作を作り上げた、北海道で小説を書く人間にとっては北極星のような大作家である。その氏の名前を冠した文学賞の募集が『氷点』の発表五十年記念として行われる。しかも受賞作品は出版社から単行本化。これに挑まない手はなかった。

締め切りは二〇一四年六月三十日。長さは原稿用紙換算で二百五十枚以内。よし、内容は以前から考えていた北海道の馬の話にしよう。頑張るぞ！……そう思った私は、カレンダーを見ながらふと気づいた。賞の締め切りの前日、二十九日にマルがついている。あれ、私何か予定入れてたっけ……？　と考えること三秒。そうだ、サロマ湖１００kmウルトラマラソンにエントリーしていたんだった！

略称『サロマ』。日本最大の汽水湖・サロマ湖の周りをぐるっと回るウルトラマラソンである。初夏の爽やかな北海道、しかも景観を楽しめるとあって全国から愛好者が訪れる人気の大会だが、過去にはフェーン現象から三十℃オーバーの炎天下で高いリタイア率を記録したこともある難易度の高いレースなのである（その過酷っぷりは村上春樹氏のエッセイにも綴られているのでご存じの方も多いかもしれない）。

よりにもよって、初めて挑戦するサロマと三浦綾子賞の締め切りが同時期。い、いや……計画的に、早め早めに応募原稿を書き進めて、それと並行して走る練習もきっちりしていけば問題ないだろう。私はそう思っていた。大丈夫、やれるやれる！

……結論として、そんな簡単にいくわけはなかった。

直木賞パワーでゲン担ぎ

牛の世話、羊の世話、父の世話（介護）。そこに加えて、マラソンの練習と今まで書いたことのない長さの小説執筆。予定とは立てても往々にして遅れるもので、特に、それぞれのタスクの質を落とさないように努めると、どうしても時間は余分にかかってしまうものだ。

いや、言い訳はよそう。結局は自分の作業配分の悪さと遅筆が原因で、マラソンの練習も執筆もギリギリになってしまった。結局私が原稿を書き終えて印字し終えたのは、サロマの会場に出発する日の朝というありさまだ。本来はもっと早くに書き終えて、余裕でサクっと送っていたはずなのに。要領が悪いにもほどがある。

しかも、私は妙なこだわりを持っていた。『できることなら応募原稿は自分の家から遠い郵便局で発送したい』という願望である。重い原稿を送り出す際、窓口で間違いのない料金を支払いたいところなのだが、その窓口担当が同級生のお母さんとかだったらなんだか気まずいではないか。「秋子ちゃん元気～？　あら！　小説書いたの⁉　まあー！」なんて言われようもんならひと月は立ち直れそうにない（※被害妄想です）。

このため、三浦賞の応募原稿はサロマに行く途中の郵便局で出すことを前々から決めていた。

そしてもうひとつ、この時期、私は新聞である情報を得ていた。敬愛する作家の桜木紫乃《さくらぎしの》さんが、ちょうどこの時、サロマに行く途中にある北見市の大型書店で、新刊発売に合わせたサイン会を開催されるというではないか！

釧路出身の桜木紫乃先生は、この前年に『ホテルローヤル』で直木賞を受賞されていた。自分の近くでこれほど純度の高い文学を編んだ女性がいらっしゃる、ということは私にとっては驚きとともに、ひとつの大きな希望でもあった。そして、知人の計らいで受賞お祝いのパーティーでご挨拶させて頂いた際、その気さくなお人柄にすっかり惚れ込んでしまった。ピコーン、と私の中でピースが合致した。サロマに挑戦、そして三浦賞の原稿提出と時を同じくして桜木さんにタイミングよくお会いできるとはなんという僥倖《ぎょうこう》だろう。私は信仰深い方ではないが、縁起かつぎというか、前向きになれるご縁なら積極的に乗っかろう、そう思った。

私は印字した原稿を封筒に入れて準備をすると、ジョギングシューズとウェア、そして車中泊の道具を車に乗せて家を出た。そして無事に山を越えて北見市内に到着。書店で無事に桜木さんにお会いできた。

久しぶりにお会いした桜木さんはお元気そうで、こちらにまでパワーが伝わるようだった。お会いできて良かった、と思いながらご挨拶をしてサインと握手をして頂いた後、そのまま市内で一番大きい郵便局に車で直行した。ちなみに、あらかじめネットで調べ、土曜日でも窓口業務を行っていることは確認済みである。

そして、桜木さんに握手して頂いたほかほかの手で無事、三浦賞の原稿を発送したのである。

勝手に直木賞パワーでゲンかつぎをさせて頂いた恰好である。

人事は尽くした。あとは天命を待つのみ。終わったのだ……いや待て、まだ終わっていない。い。私はこれからサロマに行って、明日は百キロ走らなければならないのだった。気をとりなおして、桜木さんにお会いした喜びと原稿提出後のフワフワしたテンションで、私は次の戦いの場に向かった。

その日の夕方、サロマに到着し、エントリーも無事終了。他の参加者の多くと同じように敷地内の駐車場で車中泊をし、晴れてサロマ100㎞ウルトラマラソンの当日朝になった。

スタートは午前五時。早朝は肌寒いぐらいで、天気予報は晴れとはいえ、コンディション的には悪くないような気がしていた。

挑むのはフルマラソン二回分プラス約十五キロ。制限時間は十三時間。正直正気の沙汰ではない。練習を積んできたとはいえ、他の細マッチョな参加者を見ていると走り切れる自信はまったくない。おまけに、応援の身内も知り合いもいない「ぼっち参戦」である。……完走にこだわり過ぎてぶっ倒れ、スタッフさんに迷惑をかけることだけは避けよう。そう心に誓ってスタートした。

滑り出しは案外順調だった。フルマラソンの時よりもペースを落とし、給水・補給を欠かさず、負担のない走りを心掛ける。無理はけっしてしない。

色とりどりに姿を変える景色は美しく、走っていて苦しさはありつつも楽しめていた。よし、このペースなら時間内に完走できる、という余裕もあった。

問題は五十キロ地点を超えたあたりで発生した。膝が痛む。今まで感じたことのない痛みだ。やむなくだましだまし走っていると、変に水などで冷やさず、ゆっくり走っていた方が痛みが和らぐことに気が付き、ペースを落とす。ただひたすら、遅くてもいいから、体を前に進ませることに集中する。時計を確認すると、マージンがどんどんと少なくなっていた。

折しも周囲はワッカ原生花園という、海風にそよぐ一面の花園だ。傾きかけた午後の光に包まれる花々の中を苦痛にまみれながら走るうち、うっかり悟っちゃいけない悟りを開きそうになる。これがランナーズハイってやつか……というには膝が痛すぎて、走りと歩きを繰り返すようになった。

そしてとうとう、花園のど真ん中、九十キロ地点のところで制限時間に引っ掛かり、リタイアとなってしまった。人生初のマラソン大会のリタイアである。無念。

もっと練習すればよかった、等の反省は尽きなかったが、ひとまず、サロマ参加と三浦賞応募という二つの目標を終えて、私はその夜、自分の車の中で泥のように眠った。その翌日は、人生最大級の筋肉痛に襲われたことは言うまでもない。

「公開」最終選考会へ片道六時間の道のり

やれることはやった。サロマも完走できなかったし、三浦賞の応募作品も提出後に「ああすればよかった」「こうした方がよかったかも」と思ってばかりだけれど、私なりに全力は尽くした。

そう思って毎日の仕事と介護をこなした数日後、朗報はもたらされた。三浦綾子賞に応募した小説が、最終候補三作に残ったというのだ。

やった！　と喜んだ一瞬の後、私は現実に向き合わねばならなくなった。最終選考は、後日、旭川にある三浦綾子記念文学館で審査委員の先生方により『公開で』行われるという。そしてその選考会に「出席するか」「欠席するか」という選択肢が私に与えられた。

私は即座に「出席する」と腹をくくった。もちろん、出席した候補者が審査委員の議論に加わるわけでなく、ただ自分の作品が品評されるのを見守ることしかできないのだが、もし落ちることになったとしても、せめて落ちるまでの過程を自らの目で見届けたいと思ったのだ。

自宅のある別海から旭川までは高速道路を利用しても片道六時間。行きはまあ緊張して行けばいいとしても、もし選考の結果がかんばしくなかった場合、気落ちしながら六時間の道のりを運転しなければならないのだ。それに備えて、私は鬼束《おにつか》ちひろの落ち着いた、いや率直に言えば暗いバラードばかりを集めたプレイリストを用意して帰路に備えた。落ち込む結果になったとしたら積極的にドン底まで落ち込んでやる。そこで見えてくる次作への道もあるさ、という心づもりだった（今思うと、後ろ向きにもほどがある）。

そして選考会当日。別海から車を飛ばしながら（行きは緊張を紛らわせるために明るめのJポップ詰め合わせプレイリストばっかりかけていた）、つらつらと応募作のことを考えていた。

応募作のタイトルは、『颶風《ぐふう》の王』とした。北海道の開拓と馬にまつわる物語だ。いくつか、私が幼い頃から近所のお爺さんや親戚に聞いていた逸話や情報が込められている。

それらをフィクションという枠に収めて形にしたわけだけれど、だからといって過去の事実は小さくまとめられたわけではない。架空の要素が付け足され、部分的には希釈され、だからこそ読み手に深く届くようになったという手ごたえを感じながら書いた。書きながら、綴り手としての自分の意図を超えて物語が広がっていくような、そんな可能性を信じていられた。今回の応募作だけではない。今まで書いた物語は全てそうだ。もちろん、技術的な部分で未熟なところや後悔するところはまだまだある。今回の賞だってどう評価されるかは分からない。

しかしたとえ落ちたとしても、『颶風の王』を書いたことは無駄ではない。落選した際の心構えとは別の部分で、私はそう確信していた。そして、もっともっとうまくなりたいなあ、と突き上がるような思いを抱きながら、旭川への道を急いだ。

これから小説は趣味でなく「仕事」

そして緊張に満ちた数時間の後。夜、私は旭川の居酒屋でひとり、肉じゃがをつついていた。

選考会の結果、私の小説の受賞が決定したのだ。

よかった。うれしい。やったぜ。

どれも合っていたし、どれも違う。

ただただ、『呆然』。……その一言に尽きる。自分の書いた小説が、本になって、書店に並んで、人様に読んでもらえることになった。作家としてデビューできるのだ。その事実がまだ飲み込めない。

女ひとりでボーっとしていた姿が奇妙だったのか、お店の大将がこちらをちらちらと見ている。

「旭川には、お仕事で？」

と聞かれて、一瞬焦った。

「あ、ええまあ、そんな感じです」

あまりちゃんとした答えを用意できないまま返事をして、ふと気づいた。そうだ、仕事なんだ。これからは、小説を書くことが趣味ではなく仕事になる。

そっか。そうだ。これから、私にとって小説は仕事だ。

そう考えて、ようやく現実を認識し始めた。全身の力が泥のように抜ける反面、背中に一本長い定規を入れられ、背筋が伸びたような気がした。

三浦綾子文学賞の本賞は北海道の工芸「優佳良織（ゆうからおり）」の壁掛け（左）。賞状は道内出身の現代書家・樋口雅山房による（右）

よーし、やりますか。

美味しい肉じゃがの残りを食べ終わって、その夜は宿でやはり泥のように眠った。疲れや緊張の反動と、これからの力を養うためだ。ちなみに帰路は、浮かれた気持ちで事故を起こしては悔やんでも悔やみきれないと思い、往路より数段慎重に運転した。居眠り防止のためにＪポップをがなるようにカラオケしながら帰った。

あと、桜木さんにいずれお礼しようと固く心に誓った。直木賞パワー、効果てきめんでした。

これから念願の羊飼いと作家生活だ。大変だろうな、という予感はあった。そして、『どれだけ』大変なのか、までは考えが及んでいなかったのだ。

がむしゃらに書いて

七転八倒しながら物書きへの道を志して、ようやく作家としてデビューできることになった。

小説を書くことが自分の仕事になった。初めはそのことが信じられないまま、暗中模索で単行本化の作業を続けた。

そして、『颶風の王』が一冊の本になって書店に並んだ。自分が書いた小説が、本になって、本屋に売られている。その感慨は深かった。今、仮に自分が死んだとしても、自分が書いた物語は本の形で世の中に存在し続けている。そんなことをぼうっと感じたことを覚えている。

そして、作家というのはもちろんデビューして終わりではない。ありがたいことに、デビューさせて頂いた出版社から次作のお話が、そして他の出版社からもお声がかかり、私は仕事としての執筆を日常に組み込むようになった。大抵は、農作業が終わった夜か、早寝して二時か三時に起き、五時の農作業開始までパソコンに向かうという生活だった。

そして書けば書くほどに、プロとして自分が足りない部分、もっと学ばなければならない分野も見えてくるようになった。もっと語彙を。鋭い感性を。表現力を磨かなければ。自分が書きたいものを小説に落とし込むには、今のままでは何もかも足りない。そう思いながら、

作品が賞で評価されることは励みになる。個性的なトロフィーを見るたびに背筋が伸びる。右は大藪賞、左はJRA賞馬事文化賞

がむしゃらにキーボードを打った。

短編や長編、あるいはコラムなどのお仕事をもらいながら、東京の編集者さんや、取材して下さる記者さんたちとの付き合い方も学んでいった。表現すること、それを世に出すことにかけては信念のある方ばかりで、人間性という意味でも大変に学ばせて頂いた（そして現在も学ばせて頂いている。いつもありがとうございます）。

私が書く小説は、自然と人間をテーマにすることが多い。けれど同時に、小説というのは人間が人間に読ませるものだ。そこには文章力と同等に『人の心に届ける』ための技術が必要になる。私はこの頃、小説を書くことと並行して、有形無形に『作家として必要なこと』の基礎を学ばせてもらったと思っている。

気づけば、一冊目の『颶風の王』はＪＲＡ賞馬事文化賞を頂き、二冊目の『肉弾』は大藪《おおやぶ》春彦《はるひこ》賞を受賞した。もちろん作者本人として嬉しかったが、それ以上に、関わってくれた編集者の皆さんや読者の方、そして家族や友人知人が喜んでくれたのを見て、ああ、がむしゃらにやってきて本当によかった。辛かったけど頑張ってよかったと思えた。

回復していく父と消耗していく自分

作家として経験を積ませてもらう一方で、毎朝五時になり、仕事部屋を一歩出たならば、私は牛や羊の世話をする農業人であり、同時に寝たきりの父を介護する娘であり続けた。

作家となっても農業の仕事を減らすわけにはいかなかった。むしろ、家族の加齢と疲労の関係で、牛舎での負担は徐々に増えていった。しかし、自分のスケジューリングの甘さが原因で締め切りに間に合わなくなりそうな時もある。そんな場合には、家族に拝み倒して仕事を遅らせてもらったり、休ませてもらった。ただでさえ必要な取材の時には私の代わりに酪農ヘルパーを依頼してもらっているのに、だ。こんな状態だから、私は羊の数を増やすわけにもいかなかった。肉の需要は多かったし、羊飼いとして多くの羊を飼いたいのは山々だが、一日二十四時間のうちこれ以上羊に割り振ることは不可能だった。

家の中で、父の状態は少しずつ改善していた。相変わらず体は半身不随、高次脳機能障害で家族の名前もあまり覚えてくれないが、対人のコミュニケーションは大分豊かになっていた。

馴染みの訪問看護師が来れば、父は機嫌よく「こん……ちは」と挨拶する。私が「お父さん、私頑張るからね」と言えば、「がんばれ」と言葉を返してくれた。

娘が作家になったことを理解できてはいない。私の作家デビューは特に遅かったわけではないと思うが、父が元気なうちに著書を読んでもらいたかった、とは常々思う。

父の栄養摂取の手段は相変わらず胃ろうが主だ。しかし、看護師さんや歯科衛生士さんのリハビリのお陰で、柔らかい料理や果物は少量食べられるようになった。大好きな甘味などは自分でスプーンを動かしてよく食べる。嬉しそうに笑う。検査の数値も健康そのものだ。本当に、父が昏睡に陥った時の担当者に見せてやりたいぐらいだ。

その一方で、私と母は確実に消耗していった。介護をする側というのは、自分の体調が思わしくなくとも、付き添いや介護サービスの同席などを優先しなくてはならない。見舞い客に応対し、介護生活を順調に送っているのだと笑い続けなければならない。

私は徐々に、歯医者に行きたいと思いつつ後回しにしたり、たとえ行く時間を捻出できたとしても、ぐったりと仮眠をとることを優先してしまうようになった。

テレビの中に、奇麗な外国の景色があっても、自分はけっしてそこを旅することはできない。友人や親戚が好きなアーティストのコンサートに行ったとはしゃいでいても、自分はけっして行けない。友達に会いに行けない。映画も観られない。本をゆっくり読めない。とにかく時間がない、という思いに縛られていた。

羊飼いとしてあるまじき思考

そして、三十代のなかばから、私は立ち眩《くら》みが酷くなった。特に牛の搾乳作業をしている時が酷かった。しゃがんだ状態から立ち上がると、目の前が真っ白になって力が抜ける。倒れるわけにはいかないので牛の体にもたれかかる。幸い、数秒待てば視界がもとに戻るので、ただの貧血だろうと思った。並行して、ヘモグロビン値が低くて献血ができないことが続いた。好きだったジョギングも頻度を減らした。

母からは「寝る時間が足りてないからだよ」と言われた。その通りだろうと思い、小説の仕事が忙しくない時、意識的に睡眠時間を増やしてみたが、改善はみられなかった。鉄分の摂取量を増やすように心掛けても何も変わらない。打つ手がなかった。

やがて、貧血と並行して胸が痛むようになった。気管と肺の繋ぎ目を締め上げられたように、呼吸が苦しくなるのだ。心臓ではないので大丈夫だろうとやりすごしていたが、胸の痛みを自覚していなくても、ふと気づくと自分の呼吸がひどく浅い状態で生活していることに気づくことがままあった。

ああ、体力が落ちている、と感じた。そういえば最近、ジョギングをしていない。ジョギングをして体力をつければ、また私は元気になれる。

そう思うのに、体が動かなかった。以前は三十分の時間があれば走りに出ていたのに、今は三十分の時間を全て使って仮眠をとりたい。ただ、仮眠をとっても疲れは取れにくくなっていた。ならばその三十分を文章の仕事や資料の読み込みに使えばいいのだろうと頭では分かっているのだけれど、実行できない。疲れが取れなかったとしても、ただ静かに意識を失っていたい。そればかり考えた。

その飼い主の現状とは関わりなく、羊たちは平常であり続ける。つまり、普通に生き、餌を食い、時々病気になり、多少のトラブルを起こすということだ。

羊のトラブル、飼い主がいくら気を付けていても、往々にしてそれらは起きる。具体的には脱柵、施設の破壊、予想外の怪我などだ。羊を飼い始めてから一定割合で発生していたそれらに対処することが、体力の落ちてきた私には徐々に苦痛になってきていた。

『なんでこんなことを起こすんだ』

『どうして私が弱っている時に限ってこんなことに』

羊飼いとしてはあるまじき思考だ。自分の状態如何にかかわらず、全力で羊に対処すること。それが自分の理想としてきた羊飼いの姿だったのに、体と心が追い付いてくれない。自己嫌悪がさらに私を弱めた。しかし心身を回復させるような要素はない。日常は続く。

そうしてまた、朝起きて、ああ嫌だなあ、また牛舎に行かなければならないと思う。羊に何か問題があったら嫌だなあと思う。父のデイサービスの予定を考えて、その時間に合わせてその日の自分のスケジュールを頭の中で確認する。そのうち、胸の奥がまた締め上げられたように苦しくて、だらだらと涙が流れた。

（しんどいなあ）

そう思いながら時計を見る。あと三分で牛舎に行かなくてはならない時間だから、あと一分だけこうしてぼうっとしていよう。そう思ったとたんに、隣室から「あらお父さん、おしっこでシーツべしょべしょ！」という母の声が聞こえてくる。オムツ替えと着替えとシーツ交換をしなければいけないので、急いで顔をぬぐって父のベッドへ向かう。そんな日々だった。

こうして朝になると（しんどいなあ）と憂鬱な気分になる日々が重なり、それが年単位になった頃、私はようやく気づいた。

私は、とても、弱っている。

具体的には、自律神経とか鬱とかそういう、自分には無関係だと信じ込んでいた方向で。

たぶん、病院に行ったら何らかの病名がついてしまうような気がした。しかしそんなわけにはいかない。病名がついたら、きっと家族が傷つく。あるいは怒る。どちらにしても、その様子に接して私はさらに辛くなるだけだ。それに、何がしかの病気だったとしても、どうせ仕事を休むわけにはいかない。私の不在で人手が足りなくて家族が苦労するのなら、しんどくても我慢して仕事しなければならないのだ。

死にたくない書き続けたい

そんな現状に自分でも戸惑い、ふとした折、女性の先輩作家にひとしきり相談をした。いや、相談というより、ただの愚痴だ。家族や近しい人にではなく、離れて住む知人に、私は愚痴を聞いてもらいたかったのだ。

「それもう、限界なんて超えちゃってるでしょ」

その言葉に、私ははっとした。同時に、(いや私の努力や我慢が足りていないだけで、限界というにはまだそんな) という思いがあった。

もっと頑張って体力づくりをすれば。工夫をして執筆時間を捻出すれば。集中力と仕事効率を高めれば。そうすればもっと小説を書けるしもっと家族を助けてやれる。

そうだよ、私がもっと頑張れば。だから頑張って頑張らなきゃ頑張れない……って、あれ?

そこでようやく私はまたひとつ気づいた。気持ちの部分で頑張るのは自由だし勝手だ。メンタルの空回り上等。その無駄な空回りやネガティブさが結果として小説の題材に結び付くことだってある。つまり、精神的なしんどさをある意味で受容しきってしまっている部分があった。

だが現状、私のフィジカルはそれについていけているだろうか？

思えば不安要素はいくつもある。加齢。落ちていく体力。やる気に伴ってくれない集中力。貧血、立ち眩み、おかしな神経痛。マラソンを完走するぐらいだから基礎体力に自信はあるが、逆に言えばマラソンを完走してもこれらの不安を克服できていないのだ。

それに、私の念頭には父のことがあった。前日まで元気だったのに、突然の脳卒中で自我もほとんど失ってしまった父の姿が。人間、いつどうなるかなんて分からない。それは介護している私が一番よく分かっていることじゃなかったか？

……『過労死』。あるいは、突然父のような状態になってしまうこと。この可能性に思い至って、私は慄《おのの》いた。自分のメンタル不調やストレスが体に及ぼしている悪影響についても、心当たりはたくさんある。嫌だ。私はまだ死にたくないし、死ななくても小説を書けなくなるのは嫌だ。私個人の人生に未練はあまりないにしても、私がこれから書かなきゃいけないものへの未練は山ほどある。

本は出したけど、私が死んだあともその本は残るけど、私がこれから書く本は私が生きていなきゃ世に出されないいんだ。

作家であること。物語を書き続けること。それは、私の魂とはもう不可分になった望みだ。そのために、私は死んでる場合じゃない。

死にたくない。大袈裟ではなく、私はそう思った。

ゆきづまる

小説、羊、家業の牧場、父の介護。いずれも私にとって欠けてはならないことなのに、心身はどんどんすり減っていった。このままではいけない。気持ちだけが先行していても、体がいきなりおかしくなって何もかも取りこぼしてしまっては元も子もない。

そう悩んでいた時、自分にとって結局一番大事なのは、小説を書くことだ、と気づいた。他をないがしろにしたいわけではない。ただ、自分の人生ともっとも不可分なのは小説だ、との思いは揺るがなかった。

では現状の、いわゆる『いっぱいいっぱい』の状況を打開するにはどうしたらいいか。試しに小説以外の仕事をひとつずつ切り離して想定してみた。

まず、家業の牧場従業員を辞め、羊を飼育する土地の使用料を支払う形で羊飼いを続ける道だ。牛舎での仕事がなくなり、羊の飼育と執筆と父の介護だけになれば、大分楽になる。

しかし、常に人手不足で苦しんでいた現場から私一人分の働き手が抜けたら、他の家族が大変なことは目に見えている。ならば外部から人を雇用すれば良いのだが、長年家族経営で仕事を回していたわが家では、経営面と心構えの両面から、実現は難しいと思われた。仮に人手が増えていない状態で私が酪農現場から抜けたら、家族の誰かの体調が崩れたとか、農繁期だとかの場合に、結局手伝いという形で労働してしまいそうな気がした。それでは意味がない。

次に介護だが、実家にいる限りは父の介護を放り出すわけにはいかない。これはもう絶対だ。

残るは羊だが、羊の飼育をやめることは極力考えたくなかった。もともと、自分が実家に戻ってきた理由は羊を飼うためなのだ。もし羊飼いであることをやめたら、やりがいを失った状態で介護と酪農を続け、私はもっと精神的に追い詰められることになる。

ならばいっそのこと、家から出て文章一筋で生きていこうか。食い扶持が足りなければアルバイトをしながらでも。そうも思ったが、その場合もやはり介護と家業の手が減り、家族に負担がかかることは避けられない。

……結局、過労死に怯えながら、気合で何足も草鞋《わらじ》を履き続けるしかないのか。この時点では消去法で、それしか残らなかった。

この頃、父の在宅介護期間はもう九年にもなっていた。本人の健康状態もそれほど悪くないし、ＭＲＩ画像で脳が真っ白になっていたことを思えば、長生きしてくれて本当に嬉しい。

ただ、その一方で、父はあとどれぐらい生きるのだろう？　という思いがあった。母も、元気ではあるが当然歳を重ねている。いずれ両親ともに要介護となる日が来るかもしれない。そうなったら、同居している私がメインで二人の介護を担わなければならない。

……自分の心身の健康も危ういというのに、私はさらに何年、何十年も、父母の心身を心配し続けるのだろうか。介護だけではない。牧場のサポートも、自分は続けていけるのか？考えれば考えるほど頭が重くなり、しかし考えないわけにはいかなかった。

次兄の帰郷で「今しかない」

悶々とし続け、しばらく経った頃、急に風向きが変わり始めた。

神奈川で就職し家庭を持っていた二番目の兄が、妻子を連れて別海にUターンしたいと言ってきたのだ。

次兄は夫婦共々アウトドアが好きで、いずれ北海道に戻りたいと考えていたそうだが、かなり具体的に故郷に帰る計画を立て始めたというのだ。夫婦で母が営んでいるチーズ工房を継ぎ、長兄のもとで酪農の仕事もするという。住宅は実家に近い離農跡地を買ったそうだ。次兄の計画に母はとても喜んだ。

そして、私も『これはいい機会なのかもしれない』と感じた。

次兄夫妻は会社勤めだった時は忙しく、あまり帰省できずにいたが、故郷に戻ってきたからには父の介護をお願いできる。そして、私と同じく牛飼いの子として育った次兄が酪農従業員としてやっていけないわけがない。むしろ機械工学を学んできた彼は重機操作などでは私よりよっぽど頼りになるはずだ。さらに母の生きがいであるチーズ製造の後継者にもなってくれる。

そんなわけで、私が抱えていた問題解決の糸口が一度にあらわれた。家業も父母のことも、もう、全て兄たちに委ねてもいいのではないだろうか。自分が背負ってきた荷物を下ろすことに、罪悪感を感じる必要はないのではないか。

私は、それなりに頑張ってきた。そして、これ以上頑張ってもし壊れ、小説を書けなくなってしまったら、過去の自分も、家族も、羊までをも憎むことになるだろう。

……そうなる前に、家を出なければ。今しかない。私はそう決断した。

大きな決意をするにあたって、自問自答は、やはりした。

『次兄が来て仕事と介護が楽になるんだったら家にとどまって羊と小説執筆を続けてもいいのでは？』……いや、それではやはり、駄目なのだ。確かに次兄のUターンで仕事は楽にはなるのだろうが、それでも私の性格上、結局は手が足りないところであくせく動いて心を擦り切らせてしまうだろう。それは長じて自分の家族にとっても良いことではない。

『実家を離れて、どこかで土地を借りて羊飼いを続けては？』そう考えたこともあった。新天地で、羊と小説だけのために生きる暮らし。それは理想的だし、実行は可能なのかもしれないが、羊を飼っていることが小説の障《さわ》りになることが不安だった。

具体的には、動物を飼っていると遠くに取材に行くことは難しくなる。一日二日ならなんとかなるのかもしれないが、何週間という期間も家畜を放置するわけにはいかない。

これまで長い間、動物に生活のほとんどを捧げてきた。そして飼っている動物に創作の足を引っ張られる辛さも、痛いほど身に沁みていた。ここで少し、自分の身ひとつで生活するということをしてみたかったのかもしれない。私は、動物を飼うことに、少し疲れていたのだ。

……ただし、羊飼いをやめるといっても、これまで培った知識や経験がなくなるわけではない。しばらく動物がいない暮らしを続けて、自分はどうしても羊や他の動物を飼っていながらでないと小説が書けないと結論づけた時は、色々な手段を講じて羊をまた飼えばいい。やっぱり一人でいるのが楽ならば、そのままでいればいい。

そう思うと何だか楽になった。羊を手放して、家のことも他の家族に任せて、家を出よう。自分でも意外なほどすんなりと、決意は固まった。それが二〇一九年のこと。家を出るのは、その年末と決めた。

家を出る決意を家族に話すと、思ったよりもあっさりと受け入れてもらえた。やはり、次兄が戻ってきてくれるというのは安心材料だ。

次に、今まで羊肉を卸していた取引先に、二〇一九年いっぱいでの閉業とこれまでのお礼、そして最後までいい羊肉をお届けする旨の手紙をお送りした。馴染みのシェフたちはとても惜しんでくれた。一身上の都合以外の何物でもないので申し訳ないと思いつつ、とても嬉しかった。惜しんでくれる人たちにうちの羊を使い続けてもらえて、羊飼い冥利に尽きると思えた。

新聞記事のお陰でママさん羊は即完売

閉業にあたって、準備も始めた。まずは繁殖雌羊、つまり今後も出産が可能で子育ての上手なママさん羊たちの行き先を探すことから始めた。どうしようかなと考えていた頃、馴染みの記者さんがいる北海道新聞が『河﨑さん　羊を手放して専業に』という記事を書いてくれた。その際、『生体の販売先を探している』という旨の文章も付け加えてくれたのだ。

記事が載った日、もしかしたら、知人から「羊飼いやめちゃうんですか」とか「地元離れちゃうんですか」という電話がかかってくるかもなあ、などと思っていた。そして昼前、近隣の農家だという人から一本の電話がかかってきた。

『すいません新聞見たんですけど羊手放すんでしたらうちに売って頂ければと』

「エッアッハイ！（早！）」

思わず感嘆してしまった。というか、食いつくとこ、そこ⁉　と思っている数日内、同じ用件の連絡を方々から頂き、我が愛する繁殖雌羊たちは瞬く間に引き取られ先が決まったのだった。

羊飼いの新規需要に対して繁殖羊が足りていないという認識はあったけれど、ここまでだとは。幸い、連絡をくれた人たちは飼育経験や環境に申し分はないようだ。私は心からほっとした。今まで手をかけてきた羊たちが、これからも家畜としてきちんと生をまっとうできそうなこと、そして、受け入れてくれるところに不足がないことに安堵した。もう私の羊ではなくなるけれど、どうか大事に飼われてほしい。

その一方で、私は春生まれの子羊を全て肉にすることにした。繁殖用雌羊の需要を考えれば、メスは全て残して飼養希望者に売った方が価格は高くなるし、羊を増やしたい人にとっても良いのだろう。

ただ、私としても今までお世話になったレストラン、その店で常連として羊肉を食べてくれたお客さんに、なるべく多く肉を卸したい気持ちがあった。幸い、一ブロックから一頭単位まで、買いたいと言ってくれる馴染みのお店が多かったので、売り切る算段は立った。

プロも絶句のガラパゴス進化

そして、繁殖メスが引き取られていく日がやってきた。

もともと、私が飼っている純血サフォークは羊のなかでも体格が大きい種類だ。しかも、私もいちおうプロなので、繁殖には体格がより良く、骨格がしっかりしているものを残してきた。広い牧草畑を好きに遊ばせて筋肉足腰申し分なし、栄養も過不足なく、脂肪と筋肉の織りなすダイナマイトバディの健康体ぞろいだ。

そんな選抜した羊を交配し続けて約十五年後の現在。買い取りにきてくれた農家さんは私の繁殖メスたちを見て絶句していた。

「こんな大きな雌羊、見たことないです……」

「ですか……」

うちの雌羊は羊の飼養経験がある人も目をみはるビッグママぞろいになってしまったのだった。ガラパゴス進化か。

体重一頭あたり軽く百キロオーバー。いや、うちの羊大きめだよね、とは思っていたが、私も忙しくてあまり他の羊飼いのところに行く暇がなかったせいか、標準よりだいぶでっかく育ってしまっているのに気づかずにいたのだ。

そのため、一頭を軽トラックに乗せるだけで大仕事である。荷台へのスロープをつけても、

健康なビッグママを送り出せることは羊飼いとしての誇りだ。のびのび育てた甲斐がある

大の大人三人でえっちらおっちら。しかも、三頭も乗せると軽トラックの積載重量上限に達してしまうのである。

「あー！　タイヤが！　タイヤがたわんでいるー！」

「危ないんで、うちでも軽トラ出しますんで！　二台で運びましょう！」

こうして、大騒ぎしながら、私は繁殖羊を相手先の牧場まで送り届け、大仕事が終わった。

羊小屋から大きな繁殖メスたちがいなくなって、十数頭の子羊だけが残った。エサやりの量もぐんと少なくなった。

この子羊たちも、順次出荷していく予定だ。もう繁殖しない。増えることはない。私の羊飼い生活もその時に終わる。

「やめたくないなあ」

作業の合間に思わずつぶやいた。他ならぬ自分が、より良い小説を書くために決めたことだけれど、羊飼いをやめたくない。それもまた自分の本心だ。なにせ羊飼いが嫌になったわけではない。羊を嫌いになったわけでもない。お客さんに良い肉をお届けし続けたいという気持ちもある。

しかし、私にとってはどうしても必要な決断だったのだ。こうやって、やめたくないと思えるうちに自分で廃業を決めたことは、ある意味では幸せなのかもしれない。寂しくはあったが、そう思えた。

第七章　羊飼い終了記念日

さてどこに住もう

羊飼いの閉業を決め、単身での移住を決めてから、忙しい日々が始まった。日々の仕事と並行しつつ、まずは羊の処分を進めた。繁殖用の雌羊は続々と行き先が決まったし、肉用子羊も全て取引先に卸す目処が立った。スムーズに進んで本当に助かった。

余談だが、羊飼い閉業を二〇一九年末から一年遅れて決断していたら、新型コロナの影響でこれらの羊の処分に非常に難儀することになったと思う。タイミングがずれていて良かったと胸を撫でおろすと共に、新型コロナの影響で在庫を抱えている知り合いの農家のことを考えると心が痛む。どうか読者諸兄姉も美味しい農畜産品を積極的にモリモリ召し上がって、産地をサポートして頂きたい。どうぞよろしくお願いします。

次の大仕事は、移住先を決めることだった。閉業と移住予定の件が地元新聞の記事になってから、よく人から「東京行くの？」と聞かれたが、上京することは頭になかった。以前は北海道の作家志望者は東京に出ることが多かったそうだ。首都圏は確かに、編集者と打ち合わせがしやすいこと、日本各地へ取材に出やすいこと、美術館、博物館、資料館などの文化施設が多いことなどから魅力的ではあったし、足繁く通いたい。住んだら楽しそうだとも思う。

だが、『夏、暑そう』というただ一点において、私にとっては絶対的に住むには無理な場所なのだ。笑いたくば笑って頂いて構わない。読者の皆様はご存じだろうか、人間は二、三歳まで過ごした環境によって汗をかく能力が決定するのだそうだ。よって、夏でもストーブを使用する北海道東部で育ったこの私が、津軽海峡以南、特に首都圏で暮らすのは、本気で命の危機を感じるのである。ついでに言えば、道東はクーラー普及率が異常に低いため、私はクーラーに当たるとひどい腰痛になる。なんたることか、何をどうやっても私は東京の夏を生き抜けない。

そういうわけで、ガラッと違う環境に移り住むことにも内心憧れはあったのだが、『暑さに弱くクーラー耐性もない』というへナチョコな理由で、移住先は北海道に絞られていった。

あれよあれよと新居も契約

そして、文章専業で働く予定であることを考えると、条件をさらに具体的に絞った。

（一）光回線が使える（データ受け渡しなどには必須）

（二）空港に近いこと（打ち合わせや取材に行きやすいように）

（三）買い物が便利、かつ緑の多いところ（執筆に行き詰まったら息抜きできるように）

他、治安、物価、医療施設、不動産価格、人の気性などを考え、検討を重ねて、最終的な移住先は十勝地方と決めた。故郷の根室地方とはまた違った気候と歴史を持った農業地帯である。

実は私は高校時代に実家を出て十勝管内・帯広市にある学校に通っていたので、友人知人もいるし、住みよい地域だということは経験済みだ。

こうして十勝地方に絞って、具体的な物件をネットで探した。不動産サイトから良さそうなところを予めピックアップし、十勝まで車を飛ばして内見、日帰りで別海まで帰る、という強行軍を繰り返すこと三度。内見数軒目で「ここだ！」と思える物件に出会い、あれよあれよという勢いで契約を済ませてしまった。移住に二か月先んじる形ではあるが、時間を作って徐々に荷物を運びこむ予定も立てた。

新居に選んだのは、畑作地帯に隣接した住宅地だ。静かで、少し歩けば田園風景や緑豊かな公園を散策でき、車を使えば買い物も楽に行けるという、個人的にはこの上ない好立地だ。治安もそこそこ良い。執筆もはかどりそうだ。

そしてもちろん、羊は飼えない。

契約を済ませた新居の窓辺で、小麦畑と住宅が混ざった景色を眺めながら、私の心は浮き立っていた。しかし、同時に、ここに住み始める時には私はもう羊飼いではない。実家の牛の世話をしない。父の介護も母と兄たちに任せていくことになる。当たり前だ。間違いなく、自分で決めたことだった。

せめて、ここで暮らし始める時には、きちんと満足いく形で羊飼いを終えておかなければと心に決めた。羊の残り頭数は、もう十頭を切っていた。

兄が撃った鹿を捌く

羊の最終出荷は十二月の上旬に設定した。頭数は二頭。そして、そこから一週間ほどで荷物をまとめ、十二月中旬に実家を出ることにした。

最終出荷を決めておいてから、逆算して十月十一月の出荷数を確定させる。一度に出荷できる羊の数は二頭か三頭。季節が年末に向けてどんどん寒くなるにしたがって、順調に私の羊の数は減っていった。

カウントダウンが始まっても、基本的に生活の中身は変わらない。牛の搾乳と羊の世話をし、家では父の介護と家事と執筆。

しかし十一月上旬、ちょっとしたイレギュラーな仕事が入った。

小春日和のうららかな午後、次の仕事時間まで少し横になろうかな……などと考えていた私のスマホに兄から着信が入った。

『あのさ、畑で鹿撃った』

包丁を用意して鹿を捌いていく

「オゥ……」

兄は銃砲所持免許と狩猟免許を持っている。牧草を食べる厄介者のエゾシカを駆除するためだ。鹿たちは狩猟可能期間に入ると要領よく姿を消してしまうし、兄もなかなか忙しくて狩りに出られないのだが、この日は運よく猟銃を持って牧草畑に足を踏み入れてすぐに鹿と出くわし、仕留めたらしい。

そして、撃つのは兄、捌いて料理するのは私の仕事なのである。つまり兄貴の電話は『解体よろしくね！』という意味だ。

ちなみにうちの鹿肉を使ったメニューで人気ナンバーワンは『鹿カツカレー』。脂肪の少ない肉を叩いて柔らかくし、トンカツよりも塩コショウをきかせて鹿カツにする。カレーもスパイスをきかせるとなおいい。肉の匂いはほとんど感じられず、肉のシンプルな旨味とスパイシーな風味でいくらでも食べられる。しかも、トンカツよりもローカロリーなのでカツ×カレーの罪悪感が若干薄れるというおすすめメニューだ。

兄が鹿を仕留めたと聞いた時、解体・調理の面倒臭さよりも食欲が勝ったのはいうまでもない。

「分かった。そのかわり、夕方の搾乳は休ませてもらうので頼むね」

『了解』

決まったならばまず下準備だ。使い慣れた包丁数本、解体用のノコギリ（モノ自体は普通の木工用ノコギリだが、きれいに洗って食用油を塗ってある）、ゴム手袋、肉を入れるビニール袋、内臓を入れるバケツ、食品用消毒スプレー。あとは、鹿肉をもらってくれそうな知人数人に連絡をして、送りつけていいか聞いておく。

今回のように『狩猟の許可を持っている人間が自分が所有する農地内で狩猟対象になっている獣を撃った』場合、『衛生に気を付けて自分で解体・精肉し、食べても良い。ただし、認可を受けている施設で処理されていないので、販売はしてはいけない』ということになる。

つまり、自家消費可。金銭を伴わないおすそわけ可。もちろん食中毒などを出すのはもってのほかなので、処理には細心の注意を払う。また、特に鹿は肝炎ウイルスをもっている可能性があるので、しっかり火を通す旨をおすそわけする知人にもきちんと伝えた。

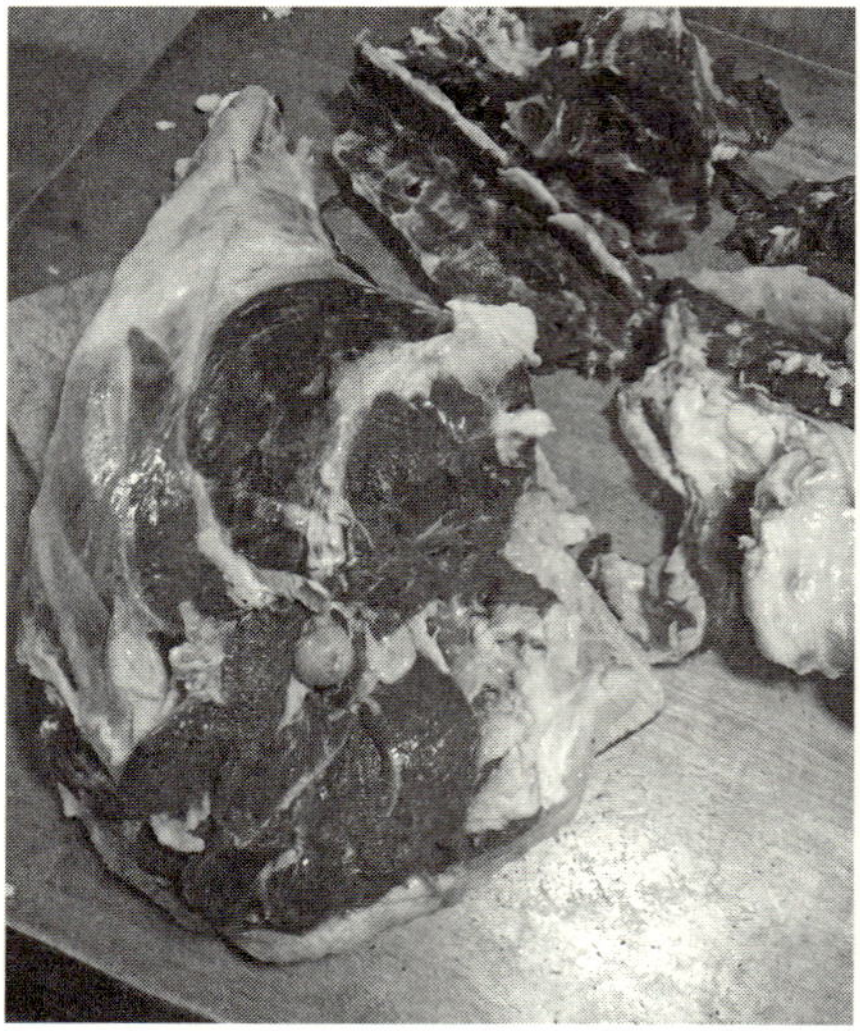

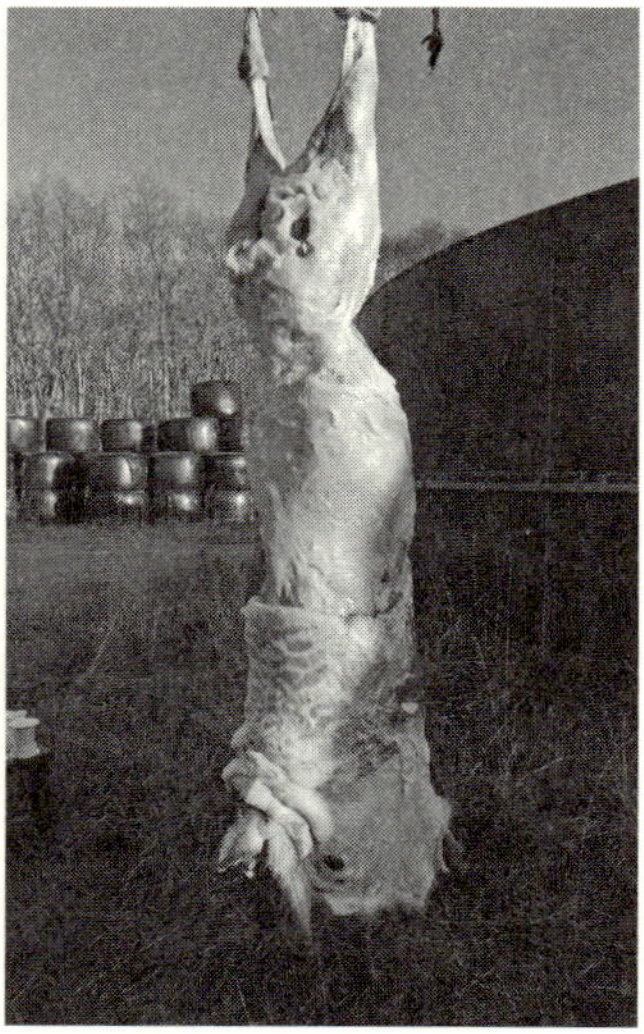

吊るした状態で手際良く塊肉にしていく

兄が撃ったのはメスだった。歯を見ると、門歯の生え変わり数が少ないのでまだ若い個体だ。よしよし。いい肉だ。

思えば、NZでは犬が捕まえたウサギ（※害獣）やハト（※害鳥）を解体して、牧場の猫や牧羊犬を餌付けしてたなあ……と懐かしくなる。あれだけ農業国のNZでも、「チキン？　うん、絞めて精肉にできるよ」と言ったらドン引きされちゃったっけ……でもNZの農家、自分で羊絞めてクリスマスのご馳走にしてたじゃん……などと、懐かしく思い出しながらサクサクと作業は進む。

鹿も羊も草食動物で偶蹄目。体のつくりは大体同じだ。足の腱と骨の間にナイフで切れ目を入れて、ロープを通す。そのロープをトラクターで吊り上げると、ちょうど鹿は逆立ちで吊るされた状態になる。ここから皮を剝ぎ、内臓を出し、おおまかに関節を外していく。羽虫がつかないうちに、また肉が傷まないように、作業は迅速第一だ。皮の強度と脂肪の厚み、内臓の配置、筋肉の場所、関節の隙間など、経験と記憶を照らし合わせながら、どうナイフを入れていくかを考える。切りながら、力加減を見極めていく。加えて、集中を切らすと思わぬ怪我に繫がることもあるので気を付ける。

動物を解体できます、というと何かヤバい人かと思われてしまうかもしれないが、違う。解体はあくまで技術に過ぎないと私は思っている。釘を打つのが精確とか、蕎麦を打つのがうまいとか、そういった種類のものだ。上手にできる技術を持った人を私は尊敬するし、自分もうまくなりたいと思いはするが、解体自体に快楽を覚えるとか、そんな趣味はない。

作業をしながら、考えはつらつらと未来へ向いていく。羊飼いをやめて街中に移り住んだら、軒先で鹿を捌くなんてことはできないだろう（法的には問題なくても、ご近所さん的にはNGだ）。というかそんな機会はたぶんもうない。もしかしたら、鹿を解体するのも今回が生涯で最後かもしれない。

私が動物を飼育し、さらに絞めたり解体したりしてきた経験が、小説にどういう影響を与えているのかは分からない。もちろん、物語に描写として組み込むことはしているし、その精度が上がるはずだという意味では、意識的にも無意識的にも影響はあるといえる。だが、その奥のいわゆるメンタリティの部分にこれまでの経験がどう癒合し、小説の文面以外の部分でどう湧出しているのか。それはもう、私自身にも量れないし、基本的に制御もできない(完全に制御できると思えたならそれは傲《おご》りでしかないし、そうやって書かれたものは手垢にまみれた嘘の物語になるだろうという気がする)。

そして、動物と関わる生活を捨てたならば、私の書くものは劣化してしまうだろうか？

……いや、別になんも変わんないべなあ、たぶん。

自問自答しても、結論は変わらなかった。おそらく劣化しないし、劇的に進歩もしない。二十歳やそこらの若さならともかく、私はもう四十歳なのだ。四十年分の重い根っこを引きずりながら、徐々に徐々に新しい方向へと伸びていけばいい。というかたぶん、要領の悪い私にはそれしかできない。……まあ、なんとかなるべ。

そんなことを考えながら作業していると、もう夕暮れになっていた。鹿はもう野生動物ではなく、いくつかの美味しそうな塊肉に姿を変えていた。

羊を飼っている間、時々、人から「自分で育てた羊を食べることに抵抗はないですか？」と聞かれることがあった。答えは「まったくありません」だった。

私の家は牛のほか、かつては卵用にニワトリをたくさん飼っていた(現在は鳥インフルエンザ予防のため飼育をやめている)。そのニワトリもペットではないため、卵を産まなくなったら父が庭の端で絞めて解体し、やがて精肉やモツ煮込みとなって食卓にのぼった。それを見て、手伝って、やがて父の代わりに自分で解体をするようになった私にとって、自分で育てた羊を食べるのは自然なことだ。例外は前述した脳みそぐらいのものだ。

ただ、それが一般的とされる命との接し方ではないと自覚もしている。普通の人たちは、スーパーで買ったパック詰めのお肉は、無駄なく美味しく食べればいい。必ずしも動物に罪悪感を覚えたり、必要以上の責任を負うことはない。食べることは生きることだし、食べることに罪悪感を覚えることは生きることを罪悪と見なすことだ。そんなわけあるか、と個人的には思う。

ただ、その命の価値観を自分の中でアップデートする機会というのは貴重だ。だからこそ、ふとした時に見かけた『いのちの授業』というものに、私は強烈な違和感を覚えた。

いのちの授業というのは、端的にいうと小学生がクラスの皆で協力して家畜を飼い、それを成長させてやがて食に供するというものだ。

一見、食育としてもクラスの団結のためにも良い取り組みのように思える。しかしだ。少なくとも、現行の日本の義務教育学校の仕組みで、その理念が歪《ゆが》まずに子どもたちに行き届くとは私は思えない。

そもそも、小学校というのは家庭内の価値観も生育環境もまったく違う子どもたちが、同じ地域、同じ年齢だからという理由で数十人のグループを組み、月曜から金曜まで一日六時間（私が子どもの頃は土曜午前中までも！）同じ空間に存在し続ける。しかも地方だと保育園小学校中学校高校と十年以上も同じ面子《メンツ》で！　大人になった今にして思い返すと、人一人の人生から見ると非常に特殊な期間だったと思うし、悪いことに私はそれが苦痛に感じられる側の人間だった。

その、逃げ場のない同調圧力の世界で、血も肉もある家畜の命と向き合う。それは、うまくやれる子なら存分に何かを学ぶだろうが、かつて集団生活が苦手な子だった私のような人間にとっては、苦痛以外の何物でもない。

そもそも、動物を殺す、ということは、生きていく上で不可避のものだ。しかし同時に、現代においてはそれを意識しないで生きていくことも可能だ。見たくないという人もいる。それは、文明によって担保された自由だと思う。生贄《いけにえ》という文化が文明レベルの向上と共に廃れていく傾向にあるのは、共同体の中で死を儀式として共有しなくても、人と人を結び付ける手段を他に獲得するからだ。だからこそ、動物を能動的に殺すということを『教育』という名のもとに子どもたちに受容させるのは、どうか考え直してほしいと思う。たとえ「希望者だけ参加しなさい、嫌ならやらなくていい」と教師が言ったとしても、子どもの集団には必ず同調圧力というものが発生する。そしてそれは、しばしば大人のそれよりも強力で逃れがたい。

押し付けられては結局歪む。子どもたちは、パック詰めの肉に慣れていて構わない。それぞれが、自分が何の肉をどういった経緯で食べているのかを知りたいと思った時、自ら向き合えばいい。それが子どもの頃であれ、大人になってからであれ。あるいは一生、血の匂いを知らないでも、生き続ける権利だってある。

　私は散文でも小説の中でも繰り返し書くが、他の動物の命を食べねば自分の命を維持できない、というのは生物としての業だ。そしてどんな文明の発展も、いかに安定的に食物を確保できるか、という課題の克服が土台になっている。言い換えれば、ヒトの進化は業の深化とワンセットともいえる。そして、進化したゆえに、ヒトは自分たちの業を認知し悩むのだ。耳当たりのいい言葉はあったとしても、安易な正解などありえない。だからこそ、教育の現場で、まだまだ精神成長の余地がある子どもたちに与えられる課題としては、肉と死の問題は大きすぎるのだ。

　そして、形の定まらない答えの隙間を埋めるために、私は小説を書いている。なにせ、私だって、自分が育てた羊の脳を食べて『いずい』と感じる理由を、明確になど説明できやしない。

　問題は容易に解決するはずもない。だからこそ、私は羊飼いの職を手放してでも、この問題を小説という武器で問い続けるのだ。

「最後だからこそ見ておきたい」

野生動物である鹿に対して、牛、馬、豚、緬羊、山羊の肉は、必ず認可を得た食肉加工場でと畜・解体・精肉加工が行われなければならない。つまり、私は自分の羊を自分でと畜して肉にして売るわけにはいかないのだ。法律で決まっていることなので仕方がない。私ができることは、羊を育てることまでだ。あとはプロにお任せする。

いつもならば、食肉加工場の繋ぎ場に羊を置いていって私の仕事は終わりだ。しかし、最後の羊を出荷するにあたって、私は食肉加工場に少し無理なお願いをした。

最後の羊がと畜されるところ、解体されてパック詰めされるまで、全ての過程を見学させてほしいとお願いしたのだ。

工場の性質上、断られる可能性は高かった。実際、生産者がわざわざ自分の家畜が処置されていく過程を見たいと申し出ることはほとんどないだろう。酪農地帯である私の周囲でも、牛のと畜・解体を見たことのない農家がほとんどだ。

しかし、私は最後に見ておかなければならないような気がした。自分が生まれさせ、育て、出荷した羊がどうやって肉になっていくのか。最後だからこそ見届けておくのが、自分なりの羊飼い閉業だと思った。ありがたいことに、普段からお世話になっている畜産公社北見工場は、見学と本書のための取材を了承して下さった。大きな肉牛農家でもない私は、お得意様どころかイレギュラーな中小家畜（羊）を少数持ち込むだけの農家に過ぎなかっただろうに。感謝しかない。

そういえば、と記憶を手繰ると、私が最初に見学した食肉加工場はニュージーランドの南島にあるオマルという町の工場だった。住み込みで働いていた牧場のオーナー夫妻が、勉強のために自分たちが出荷した羊がと畜・解体される作業を見学しようと連れて行ってくれたのだ。その時も、オーナー夫妻は「普通、農家は見学に来ない。我々も、自分の羊が処理されていくところを見るのは初めてだ」と言っていた。当時見習い羊飼いの私が興味津々で工程を見学していた時、夫妻が感じていた思いは私とはまったく違うものだったろう。そして、今、私が最後の羊が肉になっていくところを見ながら抱く思いともたぶん違う。そんな気がしていた。

と畜の手配も、肉の注文とりまとめも終わり、十二月上旬の予定日を迎えた。早朝、私は最後に残った二頭の子羊を捕まえ、軽トラックの荷台に乗せた。

「さてと。では、行こうか」

感慨は、あえて意識に上らせないようにする。いつも通りに運転し、いつも通りに仕事をするのが一番大事だ。こうして、羊飼いとして私の最後の仕事が始まった。

捕まえてから荷台に載せるまで、一頭あたり一分もかからない

最後に残った羊は二頭。春に産まれて、約八か月間育てた、自慢の子羊だ。その二頭を軽トラックに積み込んでいく。

軽トラックの荷台には角材とコンパネで作った大きな箱状の覆いを置いてある。その上にさらにシートをかけて、荷台の中には乾草をいっぱい敷き詰めた。

小屋の中に入ると、羊たちは私が餌を持ってきたのだと思ってメーメー近づいてくる。しかし、餌の匂いがせず、見慣れない道具（ロープ）を手にしているのを見ると慌てて逃げ始める。しかし、小屋の狭さと羊の動きを把握している人間には敵うはずがない。

羊を捕まえて、保定し、首にロープを結ぶと、兄と二人で羊の体をトラックの荷台まで持ち上げる。逃走防止に首のロープを荷台の前方に結ぶ。あとは、もう一頭も同じように捕まえて荷台に載せる。荷台の開口部分に蓋をして固定すれば、全て終わり。あとは食肉加工場まで連れていくだけ。いつもの作業だ。最後の出荷ではあるけれど、変わらない仕事だ。

軽トラで吹雪の峠も越えてきた

十二月に入っていることもあり、天候によっては雪が降ることも想定されたが、幸い積雪もなく、楽なドライブになった。

十五年間の羊飼い生活の中で、何十回、いや百回はゆうに超える回数、私はこうして羊を食肉加工場に運んできた。最初は釧路郊外の大楽毛《おたのしけ》、そこが閉鎖されてからはオホーツク地方の東藻琴《ひがしもこと》まで。どちらも遠いので、行って帰ってくるだけで日中の時間が潰れるひと仕事だった。

載っているのが生きている羊ということもあり、急ブレーキなどかけないように気を付けなければいけないし、コンビニの駐車場で、荷台から『メェー』という大きな鳴き声が聞こえてきて、ちょっと恥ずかしい思いをしたこともあった。

しかし、大変さはあるものの、私にとって羊の出荷はけっこう楽しい仕事だった。朝と夕方の牛の搾乳があるからあまり寄り道はできないが、家から少し離れて道の駅などに寄るのは楽しいし、何より羊を無事に加工場に引き渡したあとの解放感、達成感は格別のものがあったのだ。

別海から畜産公社北見工場のある東藻琴までは約二時間半。ルートはいくつかあるが、どの道でも必ず峠は越えなければならない。

思い返すと、羊の出荷ではこれまで結構無理をしてきた。というか、食肉加工場にと畜の予約をとったり取引先のレストランに送る日を設定してしまっている以上、多少の悪天候でも無理をして運転せざるを得なかったのだ。冬タイヤを履いているとはいえ吹雪の峠を軽トラックで越えるなんて、仕事でなかったら絶対にやりたくない。

一度だけ、冬の出荷時に肝を冷やしたことがある。峠ではなかったが急な下り坂で軽トラックのタイヤが滑ったのだ。凍った路面でブレーキがきかず、路肩のガードロープにバンパーが当たって停止した。幸い、極限までスピードを落としていたので衝撃はなく、車にもキズはついていなかったが、それ以来、より運転には気を付けるようになった。

時々、家畜輸送車が高速道路で事故を起こしたとかで鶏や牛が逃げ惑うニュースが報道されるが、同業に近い立場としては見ていて「うわあ……お気の毒に……」と思わず声が出る。事故そのものだけでも恐ろしいのに、もし羊が高速道路上で逃げ惑ったら……想像するだけで恐ろしい。

そして、最後の出荷となる今回、これまで大きな事故に遭わないまま羊飼い生活を終えられそうで、心の底からほっとした。

「ああ、終わった」しみじみ思った

日ごろお世話になっている畜産公社北見工場は北海道のオホーツク海側、大空《おおぞら》町東藻琴にある。酪農と、広大な芝桜公園で有名な地域だ。

敷地内に入り、ゲート状になっている消毒液噴霧器を通ってから、建物の裏側へと車を進める。トラックをバックで搬入口に寄せて、羊を一頭ずつ建物内の鉄柵へと連れていく。日によってはよその牧場からきた羊が先に繋がれていることもあるが、今回はいなかった。こういう時、二頭連れてきてよかった、と密かにほっとする。

羊は群生動物のため、こういった知らない場所に連れてこられた時、一頭だけだと極度に興奮することがある。

最近では精神的・肉体的なストレスによって肉にストレス物質がたまり、食味に悪い影響を及ぼすことが明らかになっている。実地に即して考えてみると、罠にかかって放置され、何時間も極限状態で暴れた末に仕留められた鹿と、のんびり草を食べている最中に仕留められて即死した鹿の肉、どちらが美味しそうかと考えると答えは分かりやすい。

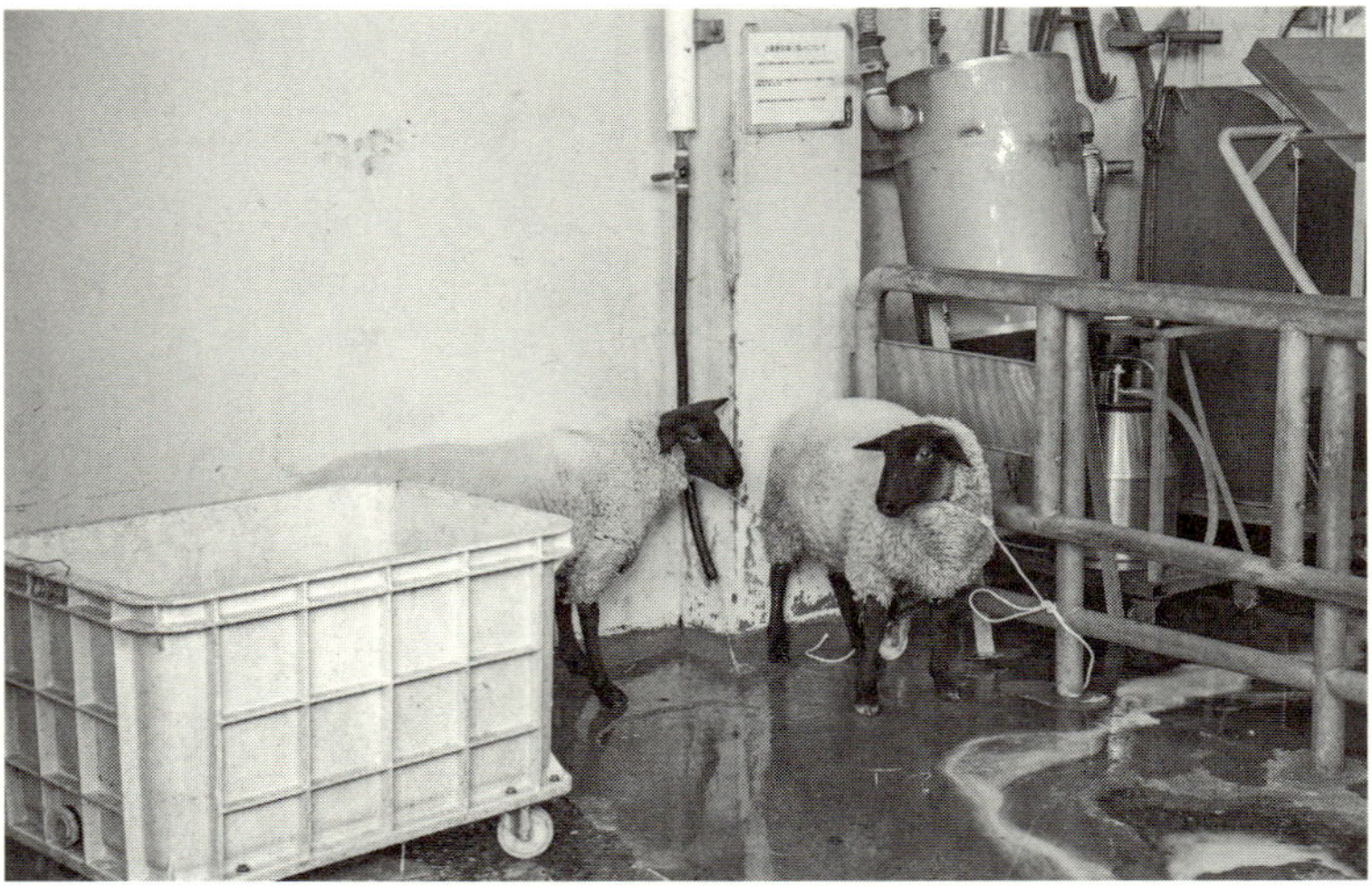

羊小屋を出てから二時間半後、加工場に到着。二頭はここで最後の時間を過ごす

最近は動物の心身の環境改善をすべきだというアニマルウェルフェアの考え方が国内でも広がってきた。人間の感情論を動物に当てはめただけのような主張には畜産家として首を傾げざるを得ないが、ちゃんとした理屈を伴った改善で製品の品質も上がるのならば、十二分に意義はあるのではないかと思う。

その意味においても、家畜をスムーズに処理してくれるプロの方の技術に私は万全の信頼を置いている。

そして、と畜の見学をさせてもらう時がきた。公社側に用意して頂いたまっさらなツナギを着て、髪の毛を覆うビニールをかぶる。専用の長靴をお借りしてさらに足元の消毒や手の洗浄など。衛生的な、『肉を扱う場所』に入るための準備だ。

通されたのは、私が羊を繋いだ場所だった。さっきは普段から畜舎で使っているツナギと長靴だったが、加工場に繋がっている内部から同じ部屋に至った今は、ツナギと長靴は同じでも衛生第一に用意された正反対の恰好だ。ここで、生き物だった羊が『肉』へと変わる。二頭のうち一頭はもう処理を終えているとのことなので、柵に繋がれているのは本当に最後の一頭だけだ。片割れがいなくなって動揺しているのか、せわしなくその場でバタバタと動いている。

担当の職員さんはテーブルなどの設備を水で洗うと、筒状のものを手にとって羊に近づいた。その筒の端を羊の黒い頭に近づけると、ダン！　と大きな音が室内に響き渡る。ああ、銃の一種だったんだな、と私はようやく理解した。

と畜の過程として、専用の銃で頭部を撃つことは知っていたけれど、いわゆるピストルのようなものを想像していた私は少し驚いた。

それまでせわしなかった子羊は、筒を撃ち付けられた直後にびくりと跳ね、その場に転がった。そのままバタバタと何度か足をばたつかせて、すぐに動かなくなった。ああ、終わったな、と私は思った。私の最後の羊が死んだ。その事実を、自分があまりにも淡々と受け入れていることに密かに驚いた。

例えば、もっと緊張していればドラマチックだったろうか。動揺でもして、泣けば私は情があると言えるのだろうか。実際は、予め想定していた通りに、私の心に波風は起きない。ただしみじみと、『ああ、無事に終わった』と思っただけだった。自分の育てた羊が死ぬところを見た衝撃とか感傷とか、どうやらそういった劇的さを飛び越えて、私はあくまで私でしかなかったらしい。

予定外に動揺して、たとえば涙の一つでも流す自分を観察したかった気もするが、何事もなくてよかったと思う。職員さんに迷惑をかけてもいけないし。

そんな、予想以上にニュートラルな自分の感情をふり返っているうちに、職員さんは手際よく羊の首あたりにナイフを入れる。放血だ。それから脱力した羊を台に乗せた。横からみるとV字になっている作業台で、Vの角度を調節すると羊の背中が谷間にぴったりフィットして、仰向けのままになる。てっきり絶命したらすぐに吊り上げて皮を剝ぐ作業に入るものと思っていた私は、予想外の工程に少し驚いた。

羊は仰向けになったまま、頭と四肢の先を落とされ、腹を起点にして素早く皮を剝がされていく。時折、皮を剝がれた表面がぴくぴくと動く。もちろん生きているわけではなく、筋肉の反射にすぎない。

その作業と並行して、白衣の獣医さんが切断された頭部をごそごそと確認していく。欧州のBSE感染流行以後、日本でも牛や羊・山羊のと畜時には獣医師によって「これは食べても大丈夫な肉ですよ」という検査をされることになっているが、これがそうか、と納得した。

皮を剝がれ、内臓を抜かれて枝肉といわれる状態になった羊は、私が先日鹿にしたようにクレーンで逆さに吊るされた。そこから、職員さんが巨大なチェーンソーのような道具で尻から背中、首にかけて羊の胴体をまっ二つにしていく。見事に背骨のど真ん中で切れていた。

この状態を半枝肉というが、市販のものでよく見ると切られた骨の模様が左右で異なる場合がある。これは刃が少し斜めに入っていったということで、難しい作業だから仕方のない部分はあるが、この加工場でずれた枝肉を見たことは一度もない。見事な技術だった。

どこに出しても恥ずかしくない肉だ

きょうはここまでだ。半枝肉はこのまま冷やされ、組織が硬くなってから解体され、精肉になっていく。

私は一度、別海へと帰った。夕方、頭数が減っていても欠かさず行ってきた羊の餌やりをすることはない。私が飼っている羊はもういない。

ただ、気持ちの部分では私はまだ自分が羊飼いだと思っていた。まだこれから、商売として、予約してくれた取引先に羊肉を届けなくてはいけない。それが終わって初めて、自分は羊飼いを閉業するのだ。

二日後。今度は軽トラックではなく自家用車で、私は再び畜産公社北見工場へと向かった。

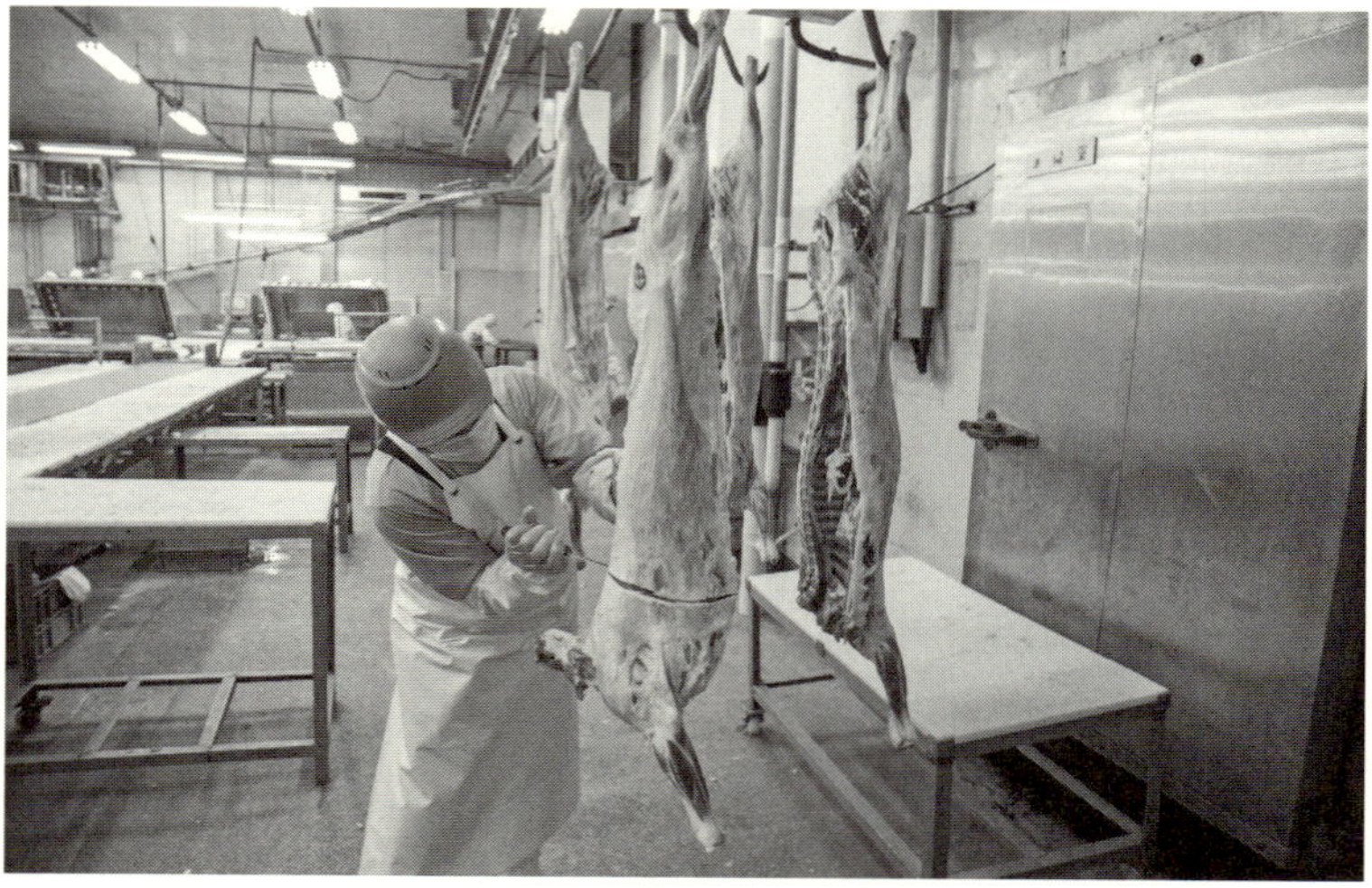

加工場内で無駄なく、素早く小分けにされていく

今度は、枝肉が解体される様子を見学するためだ。

と畜の見学をした時のように衛生的な恰好に着替え、加工場の奥へと入る。主にベルトコンベヤーで成立したラインに、白衣の職員さんたちが並んでいた。

吊るされたままの半枝肉が運ばれてくる。改めて見ても、脂肪のつきはちょうどいい。肉がベルトコンベヤーに下ろされると、専用のナイフを手にした職員さんが刃を入れていく。迷いがない。ベテランの動きだ。腕と脚が胴体から外され、さらにそれぞれの塊を前にした職員さんたちがみるみるうちに骨を外していく。形が複雑な肩甲骨周りや骨盤の股関節周りもお手の物だ。肉はと畜から少し時間をおいても美しいピンク色をしている。

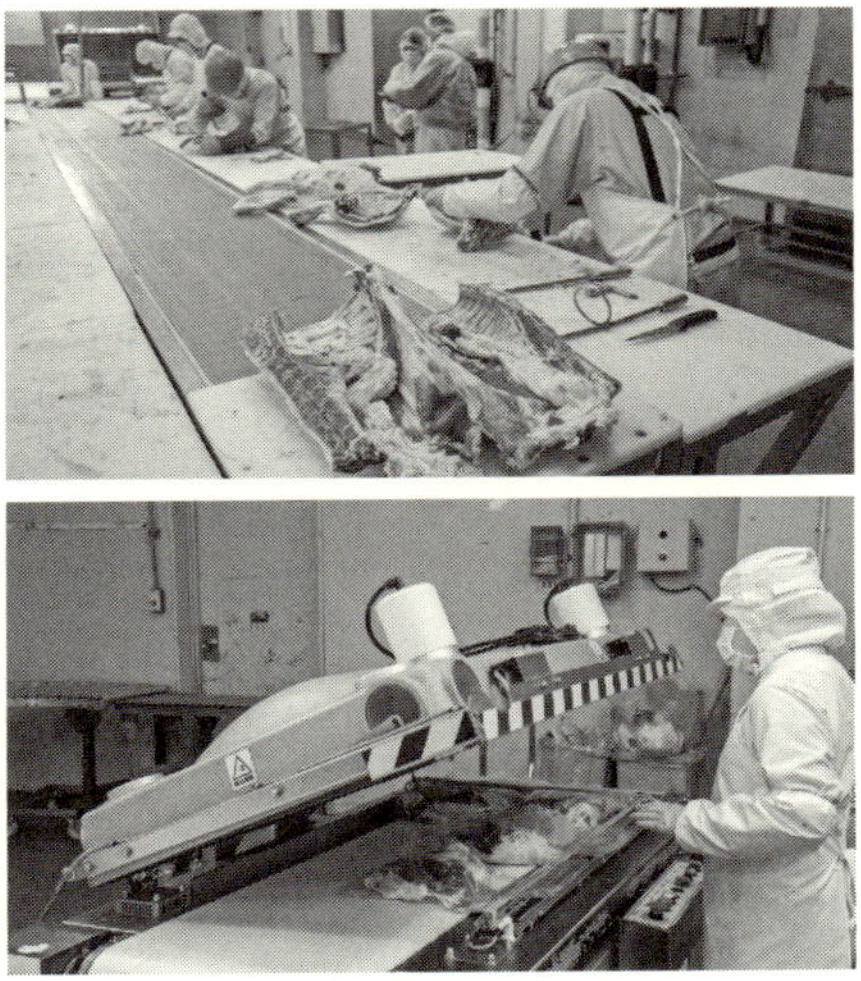

プロの処理により、十数分ほどで真空パックの「肉」になった

う っ血はない。健康に生まれ、元気に育ち、私が手をかけてきた羊の肉として、期待通りの美しい色だ。

そうこうしているうちに、半枝肉は脱骨カタ肉、骨付きロース、脱骨モモ肉の三つに分けられた。人数が多いこともあるが、それぞれの作業はとても速い。先日、私が鹿肉を解体した時はどれだけモタモタしていたことかと恥ずかしく思い出される。

分けられた肉は、また違うコンベヤーに乗せられ、すぐに真空包装される。こうなると、もうあとは私もよく見慣れたパックの塊肉だ。肉が加工室に運ばれてきてパックになるまで、ほんの十数分程度にすぎない。肉を傷めることなく、無駄なく素早く処理を行う、プロの技だ。

なにもかも、滞りなく、あっという間だ。あっという間に、私の最後の羊は肉になった。そして、最後の肉も、どこに出しても恥ずかしくないものだと断言できた。そして、私は羊飼いではなくなった。

戦いは続くよどこまでも

最後の羊を食肉加工場でと畜してもらい、肉は取引先のレストランに全て発送手続きを行った。十五年やってきたことと何も変わらない過程を経て、私の羊飼い稼業は終了した。自分でも意外なほどに、ほっとした、という気持ちが大きなウエイトを占めていた。羊で大きな感染症を出したり、周囲に迷惑をかけたりすることのないまま終えられた、ということがこんなにも安堵に繋がるとは思っていなかった。

羊の致命的な感染症としては、前述した『ヨーネ病』や、BSEの羊版ともいえる『スクレイピー』などが挙げられる。ヨーネ病に関しては小屋の出入り口の石灰散布、部外者の出入り制限などの対策はしていたし、スクレイピーに関しては耐性遺伝子を持った繁殖羊を導入し予防に努めた。

しかしどれだけ気を付けていても、家畜伝染病は起こる時には起こる。『口蹄疫』『鳥インフルエンザ』『豚コレラ』など、当事者農家は壊滅的な損害を受けるほか、周囲の農家への影響、地域への風評被害なども含めると影響は計り知れない。そして、いくら対策をとったとしても、畜産業で飯を食う限り、そのリスクを負う可能性はゼロではないのだ。

私の羊飼い人生十五年、というのは畜産家としてけっして長いキャリアではない。現にうちの周囲の農家では、牛飼い人生五十年、馬飼い人生六十年という人がざらにいる。そのベテランさんたちと比べるとたった十五年ではあったが、その短い間でも致命的な家畜感染症に関わらずに済んだというのは非常にありがたいことだった。神仏への信仰が薄い自分でも、馬頭観音さんに手を合わせて感謝したいぐらいだ。とにかくそれぐらい、私としてはほっとしていた。

奇しくも、私が羊飼いを終えたのと同時期の二〇一九年十二月、中国湖北省武漢市で新型コロナウイルスの症例が発生し始めていた。一説によると野生動物からの感染が原因だとされているが、新型コロナに限らず、野生動物、人間、そして家畜との間で広がる感染症というのは数多く、また、どれだけ人間の研究が発達しようが新たな病気というのはこれからも発生するのかもしれない。

家畜感染症に関していえば、近年の外国人観光客の増加は間違いなく感染拡大のリスクとなりうる。個人的感情としては、外国からのお客さんにはぜひ日本での旅を存分に楽しんでほしいと思うのだが、家畜感染症の観点からいえば入国ゲートでの出入りの際に履物の消毒義務化でもしない限り、完全に安心はできない。これはもちろん、日本人が外国へ出る際にもいえることだ。お互い様だからこそ、気をつけられるところは気をつけるに越したことはない。

羊飼いを終えて初めて、自分がいかに家畜感染症に緊張していたのか自覚した。何もなかった。それがどれだけ幸運なことだったかが今にしてよく分かる。

十八番料理で「最後の晩餐」

十数頭の羊がまったくいなくなった。それだけで、随分と牧場内での仕事は少なくなったような気がした。実際の作業量以上に、気持ちの部分で『もう羊のことを気にする必要はない』と一区切りをつけたことも大きかったのだろう。それは最後の羊がと畜されるところを見学したせいもあるのか、どうか。判別はつかないが、やはり見届けておいて良かった。少なくとも、これで自分の中の寂しさにきちんとした理由と区切りはつけられた。

私は最後の羊肉を全部は売らなかった。少しだけ残して、家族で食べることにした。これまで自宅敷地の一角を金銭的なやりとりもなく借りてきたわけだし、出荷の際には日中家をあけて牛舎での仕事に穴を空けていたので、少しは家族に料理として還元しなくてはならない。

メニューに特別なものはない。塊肉をローストし、スジの多い部分は丁寧にスライスして

羊を飼うようになってから、羊肉料理のレパートリーが増えた

ジンギスカンに。クビやスネ、脱骨した後の骨は岩塩で煮てシュウパウロウ。余ったスープは醤油で味を調えてラーメンのスープに。

どれもわが家のお馴染みの味だ。ふと、自分が羊飼いになる前の家での羊料理を思い返す。羊肉を食べると言えば、北海道の定番・ジンギスカンぐらいしかなかった。それも輸入の肉でだ。私が羊を飼いだしてから、人から習ったり、調べたりして、羊肉料理のレパートリーは少しずつ増え、中でも家族から評判のいいメニューが定番として残っていったのだった。

羊肉料理は河﨑家の家庭の味になった。そして、私の十八番だと今なら胸を張れる。もう自分で育てた羊を調理する機会

自家用に残した肉を調理。素材が良ければ高級な調味料は不要。肉も骨も余すところなく美味しくいただいた

はないけれど、国産でも輸入でも半枝肉を購入する機会があったら包丁一本でこれらの料理を再現できる。法で許される国でなら生きてる状態の羊からも調理できる。現代日本ではあまり役立つ技術ではないが、羊飼いに憧れていた頃の自分と比較すれば、私だってそれなりに成長できた、と思う。規模は小さくとも羊飼いとしてなんとか十五年やってこられた。なんぼか頑張れたでないか。私。

正直、心身ともにボロボロだし、けっして百点満点の羊飼いではなかったが、今食べている最後の羊は今までと同じく、ちゃんと美味しい。家族も残さず平らげてくれた。

こうして、私が育てた羊は最後まで美味しく食べ終えられたのだった。

兼業では開けない〝扉〟をこじ開ける

　さて、羊飼いをやめるにあたって、私は持っている羊飼い道具のいくつかを先輩羊飼いや新規で羊を飼ってみたいという人に譲り渡していた。羊に駆虫薬を飲ませるためのドレンチガン、去勢・断尾用ゴムリング装着機、耳にマーキングを入れる耳刻機などだ。新規希望の人には道具に加えて様々な羊の資料も差し上げた（というか、不要な資料を引っ越し始末のついでに押し付けた……といえなくもない。すみませんここでこっそり謝ります）。

　それでも、いくつかの道具は、もう使わなくとも手元に置き続けることにした。NZで師匠からもらった2本のシェパーズ・クローク（羊飼いの杖）、そして羊飼い開業後に奮発して買った毛刈り用のバリカン一式だ。シェパーズ・クロークはかぎ状に曲がっている部分を逃げる羊の後肢に引っかけ、グッとひねると羊がコロンと転がってくれる優れものだ。パワーに乏しい私には必須の道具だった。もう羊を捕まえる必要はないが、大事な思い出の品だ。捨てるという選択肢はなかった。

　数日の間、これら羊の道具の整理や引っ越しの荷造りを終え、酪農従業員の退職手続きも行って、私は慌ただしく実家を後にした。

　そして、牛飼いでも羊飼いでもない物書きとして、十勝での新たな生活が始まった。

　夜は別海時代のように日付が変わるぐらいの時間に横になり、七時間ほど眠る。実家では牛の搾乳のために毎朝五時前に起きていたことを考えれば、ものすごくよく眠っているような気がする。

生活時間を自由に組み立てられるとはいえ、昼夜逆転のような節操のない生活はできない。三食きちんと食事をとり、しかも栄養に気をつける。これからは家畜の健康を気遣うのではなく、自分の心身を常にベストに保っていかなくてはならない。そうでなければ、羊飼いをやめて実家を出た意味がないのだ。

働き手が一人抜けて、実家の酪農は大丈夫だろうか、父の介護は大丈夫だろうか。心配材料ではあったが、折に触れて母と電話で話すと、なんとか回っているようだった。やはり次兄一家がUターンしてくれたのは大きい。

新生活に入る前は、もしかしたら心身にネガティブな揺り戻しが起こるのかもしれない、と思っていた（ほら、戦国時代とかに籠城で飢餓寸前の人が助けられた後に、粥を口にした瞬間に安心してこと切れたとか。そういうのがあるらしいではないか）。

しかし今のところそんなに気落ちするようなことはない。食欲はあるしよく眠れるし落ち込むこともほぼない。驚くほど心は平穏だ。四十にして惑いまくりではあるが、新しい環境に際して自分の図太さへの信頼だけは増したように思う。

そういえば、学生時代に知人から「河﨑さんは世界中のどこに行っても生きのびられるよ！」と大真面目なお顔で言われ、大層リアクションに困った覚えがある。一般的な『うまくやれるよ！』という表現と『生きのびられるよ！』の間にはかなり意味の異なるニュアンスがある気がするのだが。図太いという意味ならば、心当たりがないわけでもない。

あれから二十年。なんだかんだありつつ、NZに行って羊飼いになって作家になってそこからさらに羊飼いをやめた結果として、輪をかけて図太くなっていたようだ。喜んでいいのかどうかは分からない。

とはいえ、私だって図太いからってやりたい放題やってきた、というわけでもないのだ。望む方向へ進むためにそれなりの苦労はしたし、その結果オールAの人生であるはずもない。思えば子どもの頃からケアレスミスや忘れ物やいらん発言で損をしてきた。何も変わっちゃいない。変われないから、せめて沈まないように必死で前に向かってオールを漕ぎ続けてきただけだ。

そしてまあ、さらに言えば、大変なのはこれからだ。

作家として、書くべきことがある。私はもともと、『小説が好きで好きで毎日書き続けないと死んでしまう』というタイプではない（ついでに、原稿用紙アレルギーなのでもし出版社が手書き原稿しか受け付けませんとかいう風潮になったら作家業を強制廃業せざるを得ないと本気で思っている）。

不遜を承知で言えば、『書かれるべきものがあるから』私は書くのだ。未だ開かれていない扉を、ある時は鍵を探し、ある時はピッキングを極め、ある時は力ずくで、開かねばならない。

それは羊飼いと兼業で執筆をしていた時では開くことができない扉だ。確信をもって、私はそう言える。だから羊を手放した今、あらゆる手段を用いてその扉をこじ開ける。羊飼いではなくなり、元羊飼いの身になった現在、さらに頑張らなければならないようだ。たぶん、死ぬまで続くことだろう。

今も手元に残る羊との「縁」

さて余談ではあるが、十勝に落ち着いて生活も馴染んできた折、別海の長兄から電話があった。

『秋子、バリカン持ってった？』

スキンヘッドの兄愛用のヒト用バリカンではあるまい。私愛用の羊用バリカンのことだ。

「うん、別に使う予定はないけど、うちの物置に置いてある」

『なんかさー、〇〇さんの知り合いが必要らしいんだよ』

「あらー……」

〇〇さんというのは近所の農家である。そのお知り合いが、たまたま羊を手に入れて、その毛を刈るのに難儀している、という話だ。

シェパーズ・クロークを心の杖として携え、眼前に広がる作家の道を一歩ずつ歩いていく

羊用バリカンは一台七万円以上する。例えば、羊が一頭だけいる場合、その一頭のためだけにバリカンを購入するのは結構な出費ともいえる。それなら、羊飼いをやめた人から中古でいいから譲り受けたい、というのは自然な流れだろう。

「うん分かった、じゃあ整備しておくわ」

少し悩んだが、私はバリカンを譲ることにした。○○さんには日ごろからお世話になっていたし、使わないのに持っているよりは、今必要としている人に活用してもらう方がいいだろう。私は、兄が所用で十勝に来た際に一式を受け渡した。良い羊飼いに使ってもらいなさいよ……と、気持ちはすでに子を里子に出す親である。

数か月後。

兄と電話している時、ふとバリカンのことを思い出した。

「そういえば、○○さんの知り合いにあげたってバリカン、使えたみたい？」

『あーあれ、なんかもういいって話になって牛舎の倉庫に置いたままだわ』

「はいー⁉」

その、『なんかもういい』という事情が何かは分からないが、すっかり手放したつもりになっていた愛用のバリカンはまだ実家にあるらしい。

私はなんだか気が抜けて、「じゃ、そのまま牛舎置いといて。今度帰省した時に持って帰るから」と伝えた。

どういう因果かは分からないが、羊の毛の繊維一本分ぐらいは、私はまだ羊と縁が残っているのだろうか。

もしもこれから、私が羊飼いでなければ開けない扉にぶち当たったら、その時はまた、バリカンと杖を手に羊飼いに戻ることもあるのかもしれない。そう考えると、なんだか愉快だった。

その予兆は今はない。だから、バリカンを持って帰ってきたら分解掃除して油を差し、いつでも、いつになっても、きちんと使えるようにしておこうと思う。

それから

別海の実家を出て、十勝での新生活が始まった。大量の本を主とする荷物の整理と、新しく必要になる家電、家具、寝具などの購入。住所変更に伴う各種手続き。仕事関係者や友人への転居通知。そして生活が変わっても迫りくる締め切りに追われながらの仕事。慌ただしくしている間に時間は過ぎた。

夜、ご近所が鎮まりかえって自分がベッドに入っても、家畜の声は聞こえてこない。何も心配することはない。ああ、いつ何時、家畜に何があるか分からない生活に、私は随分と疲れを感じていたのだな、と思った。

一人暮らしは初めてではないのに、家の中に自分しかいない時間が二十四時間続くことも最初は違和感があった。

十人分近い食事を作り続けてきた日が長かったから、つい感覚が狂って少量の煮物を随分しょっぱく味付けしてしまったこともあった。

常に寄り添ってきた犬猫の温もりが恋しくなり、結局、移住後二年以内に保護猫二匹を飼うことになった。こちらは取材などで長く家を空ける際、信頼できるペットシッターさんに世話をお願いすることができる。羊では考えられないことだ。

農作業をしないこと、家畜の世話をしないこと、羊を所有していないこと。

考えてみると手放したものはやはり大きいのだ。生活の根本も、私個人のありかたもすっかり変わってしまった。

しかしそれでも、自分の心を動かす波は想定内、もしくはそれより小さいものだった。寂しさは確かにあれど、十分制御可能だ。もしかしたら、私自身が気づいていない寂しさが積み重なって、いつか精神的にはっきりと影響を及ぼす日が来るのかもしれないが、現在のところは想像以上に自分は落ち着いて新たな生活を受け入れられているようだ。

それだけ、羊飼いをしながら色々な草鞋を履いていた日々がしんどかったということか。

現在、お陰様で小説書き稼業はうまくいっている。なかなかエンジンがかからなかったり筆が止まったりで担当さんに迷惑をかけたり（本当にすいません）、ひとりキーッと自分の要領の悪さに頭を抱えることもあるけれど、今のところ、小説や文章を書くことを好きでい続けられている。様々なご縁にも恵まれ、本当にありがたいと思っている。

羊飼いだったあの頃、私は私なりにけっこう頑張った。

そして、現在とこれから。方向は少し変わってしまったけれど、ぼちぼち頑張り続けられている。

羊飼いを終了したことも含め、これでいいのだ、と思えている。そのありがたさが、今とても身に沁みいっている。

おわりに／十か月後の再会

さて、新生活が始まって十か月が経った頃。雑誌に連載していた小説が単行本になった。時は新型コロナ拡大がやや緩やかになり、世の中がGOTOで沸き立っていた頃だ。刊行に合わせて東京から担当編集者が来道して、一緒に札幌の書店を挨拶周りすることとなった。もちろん、先方の書店が外部からの営業を受け付けているか事前に確認し、感染対策をきっちりとした上でのことだ。

日常で人とあまり顔を合わせないせいですっかり衰えた表情筋を駆使しつつ、ようやくコロナ前のように活動ができる喜び。特に、人と対面で食事できるのは嬉しいことだった。担当さんは、刊行のお祝いにと私が羊肉を卸していた札幌市内のレストラン『リッチクチーナイタリアーナ』を予約してくれた。私が羊飼いを始めた初期から長く付き合いのあるお店だ。

雰囲気がよく、料理もお酒も厳選され、しかも楽しく時間を過ごせる良いお店だ。入店すると、シェフと顔見知りのスタッフさんが笑顔で迎えてくれた。

ひとまず仕事を終えた解放感に包まれ、担当さんと乾杯。お店自慢の前菜盛り合わせに舌鼓を打つ。

そして出されたメインは、羊肉のロースト。皿を供してくれたシェフは、にこにこと言った。

「河崎さんとこの羊です。冷凍してました」

えっ。

まさか。

私が驚愕したのは言うまでもない。驚きながら、肉をとっておいてくれて、しかもこのタイミングで出してくれたシェフに心から感謝した。

自分が生産した羊肉との思わぬ再会は、最高の料理とサービスによってもたらされた。その一皿は、本当に美味しかった。私の最後の羊肉は、とてもとても美味しく料理してもらえた。

私の羊は美味しかった。

私は美味しい羊を生産することができた。

私の羊飼いとしての時間は、そう長くはない。たった十数年のことだ。最終的には手放してしまった生業だ。それでも、自分がどこに出しても恥ずかしくない食べ物を作れた、という事実は、私の中ではやはり大きな誇りだった。十数年分の工夫と苦労と幸福が、その皿の中にあった。

私は自分の羊を最初に食べた味は覚えていないけれど、最後の羊の味は忘れないだろう。

私はちゃんと羊飼いだった。

（終）

河﨑秋子（かわさき・あきこ）

一九七九年北海道別海町生まれ。二〇一二年「東陬遺事」で第四六回北海道新聞文学賞（創作・評論部門）、一四年『颶風の王』で三浦綾子文学賞、同作で一五年度ＪＲＡ賞馬事文化賞、一九年『肉弾』で第二一回大藪春彦賞、二〇年『土に贖う』で第三九回新田次郎文学賞を受賞。二四年『ともぐい』で、第一七〇回直木三十五賞を受賞。

初出
『週刊ポスト』2020年1月31日号
～2020年7月10・17日合併号

私の最後の羊が死んだ

2024年11月5日　初版第1刷発行

著者　河﨑秋子
発行人　三井直也
発行所　株式会社小学館
〒101-8001　東京都千代田区一ツ橋2-3-1
編集 03-3230-5961
販売 03-5281-3555
ＤＴＰ　株式会社昭和ブライト
印刷所　萩原印刷株式会社
製本所　株式会社若林製本工場

取材協力　株式会社北海道畜産公社北見工場
撮影　大橋 賢
校正　西村亮一

販売　三橋亮二
宣伝　秋山 優
制作　宇都 星
資材　朝尾直丸
編集　竹井 怜

ISBN 978-4-09-389166-0